JN109969

# 悪役令嬢なのでラスボスを飼ってみました11

永瀬さらさ

23489

角川ビーンズ文庫

悪役令嬢なのでラスボスを飼ってみました 11

CONTENTS

カトレア・ツァーリ・キルヴァス
ヴィーカの姉でワルキューレ。乙女ゲーム『魔槍のワルキューレ』の悪役令嬢。
クロード・ジャンヌ・エルメイア
エルメイア皇国皇帝にして魔王、アイリーンの夫。『聖と魔と乙女のレガリア1』のラスボス。
アイリーン・ジャンヌ・エルメイア
前世を思い出した悪役令嬢。エルメイア皇国皇妃。
悪役令嬢なのでラスボスを飼ってみました
11
人物紹介&物語解説

## これまでの物語

婚約破棄され前世の記憶が甦り、乙女ゲーム世界へ転生したと自覚した令嬢アイリーン。悪役令嬢な自分が破滅ルート回避するため、ラスボス・クロードを恋愛的に攻略することに！　紆余曲折のすえ、クロードはエルメイア皇国の皇帝に、アイリーンは皇妃になる。――これは悪役令嬢がゲームのストーリーにはないハッピーエンドを掴むべく、立ちはだかるラスボスたちを攻略しつつ、奮闘する物語である。

### クロードの従者

**キース・エイグリッド**

クロードの従者。人間。

**ベルゼビュート**

クロードの右腕。人型の魔物。

**アーモンド**

カラスの魔物。魔王第一空軍・大佐。

### クロードの護衛

**ウォルト・リザニス**

元・教会の『名もなき司祭』。近衛騎士。

**カイル・エルフォード**

元・教会の『名もなき司祭』。近衛騎士。

### クロードの影武者

**エレファス・レヴィ**

魔道士・レヴィ大公。

## アイリーンの侍女

### レイチェル・ロンバール

アイリーンの第一侍女。
アイザックの妻。

### セレナ・ジルベール

女性官吏。
オーギュストの妻。

## アイリーンの下僕

### アイザック・ロンバール

アイリーンの片腕、伯爵家の三男。
オベロン商会の会長。
レイチェルの夫。

### ジャスパー・バリエ

新聞記者。

### ドニ

建築士。

### リュック

薬師。

### クォーツ

植物学者。

### ゼームス・ミルチェッタ

アイリーンとクロードの側近。
ミルチェッタ公国の公子。半魔。

### オーギュスト・ジルベール

エルメイア皇国次期聖騎士団長。
セレナの夫。

## クロードとアイリーンの義弟妹

### リリア・ジャンヌ・エルメイア

『聖と魔と乙女のレガリア1』のヒロイン。
セドリックの妃。実は
アイリーンと同じ転生者。

### セドリック・ジャンヌ・エルメイア

クロードの異母弟。第二皇子。

## アシュメイル王国

### バアル・シャー・アシュメイル

アシュメイル王国の聖王で
クロードの悪友。

### ロクサネ・シャー・アシュメイル

バアルの正妃。

### ネイファ

聖王バアルの元妃。エレファスの妻。

## キルヴァス帝国

### ヴィーカ・ツァーリ・キルヴァス

キルヴァス帝国の皇帝。乙女ゲーム
『魔槍のワルキューレ』のラスボス。

### ディアナ・ネラソフ

ヴィーカの結婚相手。ワルキューレで
カトレアの親友。乙女ゲーム『魔槍の
ワルキューレ』のヒロイン。

### エルンスト・ヘルケン・ドルフ

キルヴァス帝国の宰相。乙女ゲーム
『魔槍のワルキューレ』の正ヒーロー。

本文イラスト／紫　真依

# ✦序幕✦　悪役令嬢の世界

キルヴァス帝国《ていこく》にある戦乙女《いくさおとめ》の壁《かべ》は、空に近い。すぐ冬に変わってしまう秋空は雲ひとつなく澄《す》んで、世界の果てまで見渡《みわた》せそうだ。最初この城壁《じょうへき》に登ったときは、大事な弟を残したままの帝都が見えるのではないかと目を凝《こ》らしたものだった。

だが今は、まったく違《ちが》う方向を見ている。

「カトレア、ハウゼルがおかしいのは本当みたい」

階段で壁の上まであがってきた親友の報告に、カトレアは双眼鏡《そうがんきょう》をおろした。

「そうか……連絡《れんらく》はとれないままか？」

「全く返答なし。相変わらず送られてくるのはエルメイア皇国への宣戦布告と、宮殿《きゅうでん》が空に浮《う》いてる映像だけ」

「連絡がつかないとハウゼルの施設《しせつ》が使えない。怪我《けが》人が出たときに、ここの設備でどこまで応急処置ができるか……壁の魔術《まじゅつ》もどうなるかわからないな」

「魔物はおとなしいよ。どこからも平和なもんだって報告きてる」

「……。何か言いたそうだな、ディアナ」

ディアナが気まずそうに唇《くちびる》をとがらせた。

「説明したでしょ。私、聞いたんだよ。ちょっと前に大怪我《おおけが》したとき、ハウゼルで……ワルキューレの手術も魔物の攻撃《こうげき》も全部、ハウゼルの女王がエルメイアの魔王《まおう》のためにやってるんだって。私に意識がないと思って処置をした医者たちが笑ってた。キルヴァス帝室《ていしつ》は見て見ぬふりして、ワルキューレを使い潰《つぶ》してるって。私たちは実験動物だって！」

「ならどうして今、ハウゼルはエルメイアに宣戦布告してるんだ」

「私が気づいたから、自作自演してるのかも。……やっぱりおかしいよ。魔物だって今、いやにおとなしい。夏から冬前の今はいつも活発なのに。ハウゼルがエルメイアと戦ってるからじゃないの？」

筋は通っていた。だが安易に同意できない。

もしディアナの言うことが真実なら、キルヴァスが従っている理由にはカトレアの大事な弟が関《かか》わっている。

黒髪《くろかみ》に赤い瞳《ひとみ》。魔王の生まれ変わり。キルヴァス帝室では稀《まれ》にそういう者が生まれると言われている。決して帝都から出すなという、伝承にしてはやけに具体的な方策つきだ。

両親は弟ヴィーカを決して帝都から外に出さなかった。ディアナがつかんできた情報はその一端《いったん》かもしれない。弟には、キルヴァス帝室には何かある。だから両親は、ハウゼル女王国の宣託どおり、第一皇女カトレアをワルキューレにすることに抵抗《ていこう》しなかった――。

「それに、エルメイアの皇帝《こうてい》が今、魔王なのは事実だよ」

「クロード様はそんな方じゃない」

強い声で返してしまい、自分で動揺《どうよう》した。ディアナも目を丸くしている。

「いや、すまない。……話しただろう、ずいぶん昔に、会ったことがあるんだ」

思い出すと少しだけ、呼吸がしやすくなった。

「皇位継承《けいしょう》で国がわれることを憂《うれ》えて、自ら廃嫡《はいちゃく》を受け入れた方だ。皇帝になった経緯《けいい》はわからないが、決してご自分で権力を望まれるような方ではない」

そう――だから、自分も決して両親を恨《うら》んでなどいない。最初から、国を守るためワルキューレに志願するつもりだった。何もできないキルヴァス帝室を嘲笑《あざわら》われないためにも、魔王になると疑われ敬遠される弟のためにも、ワルキューレになると自分で決めていた。

実際、ハウゼルの宣託があったとカトレアが知ったのは手術を受けたあとの話だった。宣託もカトレアが志願した後付けで、第一皇女の献身《けんしん》の箔付《はくづ》けのために用意された作り話かもしれない。

だから、決して腐《くさ》ってはならない。高潔なあのひとだって、腐ってはいないだろうから。

「自分から争いに加担するような、そんな御方《おかた》ではないんだ。ディアナの言うことを信じないわけじゃないが、クロード様のお人柄《ひとがら》は私が保証する」

「じゃあ、周囲に都合よく利用されて、しかたなく皇帝にさせられたのかも」

反論しようとして、弟を思い出した。幼くして即位《そくい》しずっと政治に関わらせてもらえない弟は、周囲の傀儡《かいらい》になっている。クロードがそうなる姿は想像できないが、優《やさ》しいあのひとなら、あり得るのかもしれない。そういえば、彼を廃嫡に追いやったドートリシュ公爵《こうしやく》家が手のひらを返し即位に協力したというきな臭《くさ》い噂《うわさ》も聞いた――。

「……たとえそうだったとしても、自分で責任を取られる御方だ」

「でも会ったのはもう十年以上前の話でしょ……さすがにエルンストが気の毒」

「は？　どうしてエルンスト――隊長が出てくるんだ」

わざとらしく嘆息《たんそく》したあと、ディアナは顔をそらした。

「ともかく。男なんてあんまり信じないほうがいいよ。私がどうしてワルキューレになったのか、知ってるよね」

ディアナは地方領主の娘《むすめ》だった。だが父親が後妻に入れ込み邪魔《じやま》者扱《ものあつか》いされ、かわいげがないと実兄《じつけい》にもいじめられ、継母《けいぼ》と異母妹《いぼまい》からは嘲笑された。唯一《ゆいいつ》信じた婚約《こんやく》者にも浮気《うわき》され、最後は町を襲《おそ》った魔物を呼び込んだ濡《ぬ》れ衣《ぎぬ》を着せられ、贖罪《しよくざい》としてワルキューレに志願させられた。志願した際の報奨《ほうしよう》金は、家族の借金にあてられている。

今はワルキューレたちに囲まれて幸せにやっているが、男性不信がひどい。経緯が経緯なだけに、カトレアも強く否定できない。周囲への怒《いか》りをばねに彼女が過酷《かこく》な戦場に立っているのだから、なおさらだ。

それに、ワルキューレはどうして自分たち女性だけがと思うものだ。カトレアだって例外ではない。エルンストのように一緒《いっしょ》に戦ってくれる男性はいるが、最前線に立ち命を落とすのはまずワルキューレだ。先輩《せんぱい》ワルキューレのイレーナのように、男にはなれない名誉《めいよ》職などとワルキューレを誇《ほこ》ることは、まだできない。

だから、黙《だま》ってふたりで同じ方向を見つめる。太陽が斜《なな》めに落ち始め、水面《みなも》の反射が強くなっていた。うっすら空が、一日の終わりを告げる赤みを帯び始める。そのときだった。

かっと空が白銀に輝《かがや》いた。まぶたの裏まで焼き尽《つ》くす、神の光。

咄嗟《とっさ》に両眼を押さえて、カトレアはよろめく。ディアナも同じだった。息ができない。

(なんだ、これは)

まぶたの裏側で再生されるのは、白銀に染まった空でも海でもない。自分たちを閉じこめる堅牢《けんろう》な城壁でもない。

傷も硬《かた》さもない手で持った、何かの機械。自分そっくりの絵が描《えが》かれた何か。そこにはディアナも、幼馴染《おさななじ》みも、弟も描かれている。見たこともない文字がなぜか読める。聞いたことのない音が鳴る。かたわらに広がっているのは攻略本《こうりゃくぼん》、雑誌。人物紹介《しょうかい》。

――悪役令嬢、カトレア。

「カトレア、ディアナ！　ハウゼルが、空中宮殿が墜《お》ちた！」

階下から息を切らして幼馴染みが駆《か》け上がってきた。

そう、幼馴染みだ。幼馴染みのはずなのに。

「最後に白い竜《りゅう》が宮殿を攻撃するのが見えて……っだが正確には何が起こってるのかわからない、皆《みな》も混乱してる。すぐにきてくれ！　カトレア、ディア、ナ……？」

反応のない自分を訝《いぶか》しんだのか、肩《かた》をそっとつかまれた。カトレアは咄嗟に手を振《ふ》り払《はら》ってしまう。

だってこのヒ、、、ー、、ロ、、ーは、弟を守ろうとする自分を裏切り、ヒ、、ロ、、イ、、ン、、と一緒にこの国を滅《ほろ》ぼすのだ。ラスボスの弟だって、自分を切り捨てる。

「カトレア？　ディアナも、どうしたんだ。体調が悪いのか」

「……嘘《うそ》、冗談《じょうだん》だよね。何あれ。カトレアが――だなんて、そんな」

ディアナの顔を見る。そこにはヒロインの顔があった。

けれど唇をゆがめて無理に笑おうとする彼女の瞳には、同じものが見えていた。

――だって、この世界は。


「カトレア」

親友の声がした。何度かまばたきしたカトレアは、息を吐《は》き出す。

「ディアナ……すまない、寝《ね》てたか。もう出発の時間？」

「もう少し余裕《よゆう》ある。でもカトレアはギリギリ、嫌《きら》いでしょ」

「そうだな」

笑って起き上がる。一時的に身を潜《ひそ》めるために用意した宿とも、今日でお別れだ。洗顔を済ませ、手早く身支度《みじたく》をととのえていく。

「他《ほか》のワルキューレたちはどうしてる？」

「現地入り完了《かんりょう》。他の国の会議出席者も、そろそろ到着《とうちゃく》するみたい。キルヴァスは主催《しゅさい》だし、もう着いてる頃《ころ》かも。会議までに舞踏《ぶとう》会だ鑑賞《かんしょう》会だって馬鹿騒《ばかさわ》ぎする予定なんだって。お気楽でいいよね、ああいう連中」

「だが、二大陸会議なんてゲームにはなかった展開だ。……今の時点でまだヴィーカがキルヴァス皇帝で死んでもいないこともおかしいんだが」

原因はわかっている。ゲームと現実の違《ちが》いを甘くみて、キルヴァス帝国《ていこく》での革命に失敗したせいだ。

「今回の私たちには切り札の聖剣《せいけん》があるとはいえ、気を引き締《し》めていこう」

「単純に『魔槍《まそう》のワルキューレ』の世界だっていうなら話が早かったのに」

この世界はカトレアとディアナが前世でプレイした『魔槍のワルキューレ』という乙女《おとめ》ゲームにそっくりの世界だ。だが同じ制作チームが作った別の乙女ゲーム『聖と魔《ま》と乙女のレガリア』の世界もまじってしまっているせいか、現実はゲームどおりに進んでいない。

「本当にゲームどおりの世界だったら、私たちに救いはなかった。プレイしてたときはそういう救いのなさに感動してハマったけれど、いざ自分がそうなると喜べないな。……鬱《うつ》ゲー、そこがいいなんて喜んでた自分を子どもだったたと思うよ」

「でも『聖と魔と乙女のレガリア』ってものすごく頭の悪いご都合主義の逆ハーゲームじゃない。いかにも乙女ゲームって笑われるやつ。設定も甘いし、いいのはぶっちゃけ絵と声優だけでしょ？　なんかあれに助けられるってのも納得《なっとく》いかない」

「とはいえ、あちら側もゲームとは違う展開になってる。聖剣の乙女が負けて、魔王《まおう》が皇帝になるルートなんて見たことがない。しかも悪役令嬢《れいじょう》と魔王が結婚《けっこん》なんて……こちら側の影響《えいきょう》があったんだろうな。そもそも、悪役令嬢カトレアと魔王クロードに接点があったこと自体、おかしかったんだ」

「……ひょっとして、自分のせいかもって、責任感じてる？」

言葉尻《ことばじり》の声色《こわいろ》をあげた問いかけは、さぐりではなく気遣《きづか》いだ。苦笑いが浮《う》かぶ。

「心配するな。もう魔王に甘い顔はしないよ」

「信じてるけど。でも私、考えたんだ。あの魔王って、攻略《こうりゃく》できるんじゃないの？　カトレアだってプレイしてたんだよね。乙《おと》レガ」

乙レガとは『聖と魔と乙女のレガリア』の略称《りゃくしょう》だ。

「いや、だが……魔キューレほどやりこんではいないし……」

魔キューレとは『魔槍のワルキューレ』の略称である。

「駄目元《だめもと》でためしてみればよかったじゃない。なのに思いも寄らなかったって顔して。カトレアらしいけど……今からでも遅《おそ》くないよ」

「今から……と言われても、もう終わった話だ」

「でも攻略しようとしたわけじゃないでしょ？　それに魔王の奥さんになったアイリーンってカトレアと同じ悪役令嬢だよ。なのにカトレアと違って苦労もせず、今は皇后だって調子にのってのうのうとしてるのを見ると……不平等だよ」

会話を遮《さえぎ》るように、小さな机の上の置き時計から目覚ましの音が鳴った。時間だ。

「——時間だ。行こう、ディアナ」

「ん」

会話を打ち切り、ふたりそろって部屋から出た。だが、頭の中ではディアナに言われたことがぐるぐる回っている。

クロードは前世の記憶《きおく》なんてものを取り戻《もど》す前に出会った、憧《あこが》れの男の子だった。とても落ち着いていて、賢《かしこ》くて、優しい。同世代の男の子が全員、子どもに見えたものだ。自分に張り合ってくるエルンストなどその筆頭だった。

でも彼は、別の女性を選び、カトレアの手を取らなかった。

（私は……ひょっとして、ためらったのか。彼を攻略することを。初恋《はつこい》だったから……）

だとしたら、ゲームのキャラにずいぶんな期待を持っていたことになる。

「……ディアナ。ひとつ、あがいてみたい。どうせこの世界はゲームなんだ」

初恋はもう終わった。そして、自分たちはゲームのキャラではない。

「キルヴァスもエルメイアも、手に入れよう」

今度こそ幸せをつかむのだ。他の誰《だれ》でもない自分の手で。

# 第一幕　悪役令嬢のしぶとい再登場

白亜《はくあ》の城と謳《うた》われるエルメイア皇城に最近できた子ども部屋は、いつも騒《さわ》がしい。

それは赤ん坊《ぼう》の第一皇女クレア・ジャンヌ・エルメイアに手がかかるからだとか、乳母《うば》や従者やらが常に控《ひか》えているからではない。

「王女様、スゴイ、天才！」

「コッチ、コッチ！」

扉《とびら》を開く前から聞こえる声に、アイリーン・ジャンヌ・エルメイアは眉《まゆ》をひそめた。今はお昼寝《ひるね》の時間だ。もちろん赤ん坊は思いどおりにはならないので、咎《とが》める気はない。聞こえる声が人間のものではないのも、この際いい。

「そうだ、クレア。おいで」

問題は、砂糖菓子《がし》もとかす甘い声で娘《むすめ》を呼んでいる夫――エルメイア皇帝《こうてい》クロード・ジャンヌ・エルメイアの声が聞こえることである。

「やっぱりここにおられましたわね、クロード様！」

「アイリーン」

扉を開くと、ちょうど愛娘《まなむすめ》を抱《だ》き上げたクロードが満面の笑《え》みで振《ふ》り向いた。まばゆい笑顔にひるみかけたが、ぐっと踏《ふ》ん張る。ほだされてはいけない。

「見てくれ、クレアが僕のところまできてくれた。僕の娘は天才だ……！」

生後七ヶ月になるアイリーンとクロードの第一子クレアは、つい先日、這《は》いずりを覚えた。自力で動き始めた赤ん坊に、魔物《まもの》も父親も夢中になって離《はな》れようとしない。魔王の父性を乳母も女官たちも微笑《ほほえ》ましく見守るだけ。唯一《ゆいいつ》魔王様を御《ぎょ》せる従者も、諫める護衛たちも、今は多忙《たぼう》で手が離せない。

おかげで、本日もこうしてアイリーンが説教する羽目になる。

「いい加減お仕事に戻ってくださいませ、もう出発は明日なんです！」

「そう言われても、準備はもう終わっただろう。あとのことは、僕の優秀《ゆうしゅう》な臣下がなんとかしてくれる。——クレア、駄目《だめ》だ。お父様の髪《かみ》を食べては」

優《やさ》しく注意しているが、頬《ほお》は完全にゆるみきっている。アイリーンは一呼吸置いてから、にっこりと笑った。

「仕事もせず、でれでれしてるだけのお父様なんてかっこ悪くて嫌《いや》よね、クレア」

「……」

無表情になったクロードが、そっとクレアをゆりかごに戻した。

「アーモンド、あとは頼《たの》む」

「了解《りょうかい》！」

魔王につられてきりっとしたカラスの魔物が、敬礼する。さっと近づいた女官たちがクロードの髪からクレアの唾液《だえき》を拭《ふ》き取り、乱れた服も整えた。

「かっこいいお父様でよかったわね、クレア」

ゆりかごの愛娘の頬に口づけを落とす。クロードが大真面目《おおまじめ》に頷《うなず》き返した。

「そうだ、僕はかっこいいクレアのお父様だ。そして君の頼《たよ》りになる夫だ」

「思い出してくださって嬉《うれ》しいですわ。さあ、参りましょう。シリルお兄様が待ってらっしゃいますから」

踵《きびす》を返したアイリーンにクロードがついてくる。後ろ髪《がみ》を引かれる様子こそあったが、廊下《ろうか》に出た頃《ころ》にはすっかり皇帝の顔になっていた。切り替《か》えができるのは美点である。

「君も義兄上《あにうえ》に呼ばれているのか？」

「ええ、行き先がハウゼル女王国ですから。むしろメインはわたくしではないかしら」

「だとすれば僕は別に行かなくてもいいのでは」

「いつからクロード様はわたくしをシリルお兄様にまかせるような夫になってしまわれたのかしら？　なら今後はそのようにいたしますけれど、よろしいのね？」

「……今のは失言だった、すまない」

気まずそうなクロードに、ほんの少しだけアイリーンは目元をゆるめる。このひとはただ愛娘が可愛《かわい》くてしかたがないだけなのだ。最初、アイリーンの妊娠《にんしん》を知ったときの動揺《どうよう》ぶりや不安など嘘《うそ》のようである。

「心配しなくても明日からクレアと船旅ですわよ。さっさと面倒《めんどう》なことはすませてしまいましょう。今夜のクレアのお風呂《ふろ》当番はクロード様ですからね」

こくり、と素直《すなお》に頷くのがなんだか愛らしい。

皇帝の執務《しつむ》室の前では、クロードの従者が待ち構えていた。

「さすがアイリーン様、クロード様を連れ出すのがお上手だ」

「ほめても何も出なくてよ、キース様。シリルお兄様は？」

「中でお待ちです。クロード様」

素早く主の出《い》で立ちを確認《かくにん》したキースが、目を凝《こ》らさないとわからない隠《かく》れた服のしわを伸《の》ばす。そして執務室の扉を開いた。

「やっとお出ましですか、陛下。アイリーン、お疲《つか》れ様」

まるで執務室の主のような顔をして、実兄《じっけい》のシリルがお茶を用意するようキースに頼む。シリルは宰相《さいしょう》なので上の人間には違《ちが》いないのだが、魔王《まおう》の従者と一目置かれるキースに対しても遠慮《えんりょ》がない。クロードは黒檀《こくたん》の執務机の椅子《いす》に腰《こし》をおろしたので、アイリーンは兄と向き合う形で応接ソファに座った。そこへキースが手際《てぎわ》よくお茶を用意してくれる。

いつもならアイリーンには侍女《じじょ》のレイチェルがついているが、今日は出立前の休みをとっていて不在だ。夫のアイザックも半月以上前から仕事で不在なので、今のうちに家の掃除《そうじ》をしたいと言っていた。少しでもゆっくりしてくれていればいいのだが、と紅茶に口をつける。

一呼吸おけば、仕事の始まりだ。

「アイリーン、今回の二大陸会議。お前が頑張《がんば》らないといけないのはわかるね？」

いきなり直球で切り込んできたシリルに、アイリーンはすまし顔で頷き返す。

「ええ、ハウゼルは基本的に男子禁制の国です。男性が立ち入るのを禁止している場所も多くあります。視察ひとつとっても、クロード様ではなくわたくしが赴《おもむ》くほうが効率がいい。慣習をおろそかにして、女王国にまだ残っている国民の反発を招くのはさけるべきです」

「そう。お前がエルメイア皇国の目となり耳となることになる。他国も同条件だから、必ず高貴なご婦人方を派遣《はけん》してくるだろう。後《おく》れを取るようなことはないと思うけれどね。私の妹は優秀だから」

そう言うシリルこそ、アイリーンが子どもの頃憧《ころあこが》れてやまない天才肌《はだ》の兄だった。信頼《しんらい》を誇《ほこ》らしく思って胸を張る。

「ええ、わたくしは皇后ですから。お兄様のご期待に応《こた》えてみせますわ」

「あいにく、エルメイア皇后の肩書《かたが》きが優秀かどうか私は知らないな。ただ、私の妹ならば優秀なはずだよ」

「……わかりました、プレッシャーをかけておられるのですね」

「そんなことはないよ。あ、これが会議参加者の最新の資料。暗記するように」

シリルが指さした先には、片手で持てなそうなほど分厚い紙の束があった。

「今からですか……⁉」

「船の中で時間はあるだろう。十分なはずだ。私の優秀な妹なら」

「それで押し通す気ですわね⁉」

「気を抜《ぬ》かずにいなさい。今回の二大陸会議は、色んな意味で特殊《とくしゅ》だ。せめてキルヴァス帝国《ていこく》主導ではなく、うち主導だったならよかったんだけどね」

含《ふく》みのある兄の笑みに、アイリーンは黙《だま》って分厚い資料の一番上をめくった。

明日、アイリーンたちは二大陸会議と呼ばれる大きな会議に出席するため、エルメイアを発《た》つことになっている。名称《めいしょう》に違わず、北と南、海で分断された二大陸の主要国が参加する、今までに類を見ない大きな会議だ。

場所は、二大陸の中間に位置する島国の神聖ハウゼル女王国だ。

予知ができる女王が御座《おわ》す国は、ほんの最近まで世界を意のままにできる権威《けんい》と技術を誇っていた。二年前、女王国から浮《う》かび上がった空中宮殿《きゅうでん》を墜《お》としたのは、他《ほか》でもないアイリーンたちエルメイア皇国と、親交の深い隣国《りんごく》アシュメイル王国である。

女王という大きな柱を失ったハウゼルは、混乱のまま瓦解《がかい》した。

あくまで自国を防衛しただけのエルメイアとアシュメイルは、ハウゼルの統治に乗り出さなかった。だがハウゼル女王国が残した技術や制度といった遺産は、各国に残っている。顕著《けんちょ》だったのは、昨年交流を持ったキルヴァス帝国――ワルキューレという女兵士をハウゼルの技術で造っていた、北東大陸の国だった。

「わかっているとは思うけれど、今回の会議は長く分断されていた北と南の大陸間の交流をとる体裁《ていさい》をとっているだけで、実際はハウゼル女王国を今後どうするか、具体的には女王をどうするかを決める会議だ。既《すで》に女王候補を用意している国もあるらしい」

「女王試験もできないのにですか？」

ハウゼルの女王は女王試験によって選抜《せんばつ》され、血筋によらない。これがハウゼル女王国の混乱を加速させている原因でもある。しかも女王試験は予知ができる女王が執《と》り行うものなので、女王がいない今、行えないのだ。

「世界中からハウゼル女王を求める声が日に日に高まっている。難民だの移民だの、無視できない問題も大きい。何よりハウゼルは今の時代を超越《ちょうえつ》する叡智《えいち》が詰《つ》まった国だ。我が国を襲《おそ》った空中宮殿だけではない。今も、海底に何か残っているかもしれないんだろう？」

昨年キルヴァス帝国へ赴いた際、アイリーンは思いがけずハウゼルの海にある海底施設《しせつ》を発見した。脱出《だっしゅつ》のため崩落《ほうらく》させたが、発見した施設は全体の一部でしかないだろう。アイリーンたちの手で墜とした空中宮殿でさえ、全容はまったく解明できないまま消えた。

「幸い、海底にそんなものが残っているとまだ公《おおやけ》に知られていないが、時間の問題だろう。今までハウゼルの特殊性から二の足を踏んでいた国が多いが、ハウゼル女王を決めるとなれば我先にと積極的に手を伸ばしてくるさ。女王をお支えしたいとね」

「他国が用意した女王候補についての情報は？」

「大人の女性であることと、予知ができるとか眉唾《まゆつば》な話しかまだわかってない。まぁ誰《だれ》だろうが究極どうでもいいよ。大事なのはエルメイアを敵視しないかどうか。敵視してくる女王はどうしたらいいか、賢《かしこ》いアイリーンはわかるね？」

兄の眼光の鋭《するど》さに押され、アイリーンは首を縦に振《ふ》る。満足げにシリルは長い足を組んだ。

「そこでクロード様、提案があります」

「……なんだ」

アイリーンからいきなり矛先《ほこさき》を向けられたクロードが嫌《いや》そうな顔をする。シリルが口にする提案は、もう決定だからだろう。

「二大陸会議は二日に一度、合計三回行われる予定です。約一週間かけて話し合うわけですが、まず女王は投票で選ぶよう働きかけてください。各国一票、多数決で女王を決めるんです。投票制ならそうもめずに通るでしょう」

「女王試験のかわりか」

「そうです。さいわい、我が国はアシュメイル・キルヴァスの両国と交流があります。そして会議に出席するのは七カ国。計四票で過半数です。既にアシュメイルとキルヴァスに話はつけてあるので、あと一ヵ国くらいはご自分で動いて味方につけて頂けると嬉しいですね」

クロードから目配せされた。知っていたか問いかけられている。アイリーンは無言で首を横に振った。夫婦《ふうふ》のやり取りを見たシリルが、おやとわざとらしくまばたく。

「ご不満ですか？」

「いや……相変わらず手際がよくて有り難《がた》いんだが、僕に相談は？」

「心配なさらずとも、資料の中に各国の特徴《とくちょう》もあげてあります。皇帝《こうてい》夫婦でお好きな国を味方に選んでください」

特徴には弱みとか脅迫《きょうはく》材料が含まれているのだろう。課題のように思っていた紙の束が悪魔《あくま》の書に見えてきた。

「僕に相談はないのかと聞いているんだが？」

「僭越《せんえつ》ながら、陛下にはクレア皇女との時間のほうが大切だろうと思い、省かせていただきました」

「気遣《きづか》いに感謝する」

「クロード様、流されるおつもり!?」

批判するアイリーンにクロードはむっと眉《まゆ》をよせたあと、頬杖《ほおづえ》を突《つ》いた。

「しかし投票制か。魔物《まもの》を抱《かか》えるうちと似たように魔族を抱えているキルヴァスとは協調しやすいだろうが、聖王は抜け目ない。意外と裏切るかもしれないぞ。安全策とは言いがたい」

「確かに陛下の人徳のなさに起因するトラブルは、常に懸念事項《けねんじこう》です。何を起こすかわからない顔もお持ちでらっしゃる」

「僕の顔は兵器か何かなのか？」

「我が国で女王候補を立てて押し切ることも検討しました。非公式ですが我が国にはハウゼル女王の娘《むすめ》と孫娘《まごむすめ》がいますからね。ですが、陛下の可愛《かわい》い異母弟《いぼてい》であり一応まだ皇太子のセドリック殿下《でんか》がどうなるか考えると反対される気がしまして。私も我が家も利用するだけしてゴミ同然に捨てられるなら大賛成なんですけれども、陛下の不興を買うでしょう？」

クロードの異母弟セドリックはかつてアイリーンに屈辱《くつじょく》的な形で婚約破棄《こんやくはき》を突きつけた。クロードはアイリーンへの仕打ちを許しはしなかったが、一方でセドリックを弟として可愛がっている。兄はそのあたりの複雑な事情を当てこすっているのだ。

不愉快《ふゆかい》そうに目を細めたクロードに臆《おく》さず、シリルが人差し指を立てる。

「もうひとつ、若輩者《じゃくはいもの》の私から提案できる、人徳がなくてもできる統治方法があります」

「僕に人徳がないのは決定事項《じこう》なんだな。一応、聞こう」

「世界征服《せいふく》ですよ」

静かになりゆきを見守っていたキースが、なぜか噴《ふ》き出した。

「どれになさいます？　他国と仲良く女王を投票で決める。世界征服をする。可愛い異母弟が巻きこまれることも犠牲《ぎせい》も覚悟《かくご》のうえで我が国から女王を即位《そくい》させる。陛下の忠実な臣下たる

「私は、どれでもおつきあいします」

限界まで眉根《まゆね》をよせたクロードが深く長く息を吐《は》き出す。

「……わかった。投票制だな」

本日も魔王兼皇帝《まおうけんこうてい》は辣腕宰相《らつわんさいしょう》に敗北したようだ。シリルは「吉報《きっぽう》をお待ちしております」とすべて終わったような顔で言い放った。


皇帝夫婦と第一皇女を乗せた船は、国旗を振る皇民たちに見送られ、皇都アルカートから悠々《ゆうゆう》と出港した。ハウゼル女王国はいくつかの大きな島からなる島国だ。男子禁制なのは、かつて王宮があった中央の島。アイリーンたちが目指すのは、男子禁制ではない島――ハウゼル女王国の中でもいちばん大きな島だ。

そしてこの島が、今回の会議の場所でもあった。

もともとハウゼル女王国の玄関口《げんかんぐち》であった島は、各国の首脳が女王に伺《うかが》いを立てるため滞在《たいざい》する場所であり、保養地でもあった。女王の崩御《ほうぎょ》以後、以前のような賑《にぎ》やかさが失われたところに二大陸会議の開催《かいさい》が決まり、各国はそれぞれ持っていた別荘《べっそう》の改修に乗り出した。会議の主催者《しゅさいしゃ》であるキルヴァスの主導で、会議に使う大きな議事堂も建てられた。各国からの公共事業で仕事が増えたおかげで、街並みはすっかり賑やかになっている。

石畳の階段と、白を基調にした壁と青い屋根。海から流れ込んだ川が水路として街中に入り込んでおり、色とりどりの小船が行き来している。商店街の通りにかけられている白と青の雨よけも可愛らしい。

　アイリーンは感動して両手を胸の前で組む。

（ゲームと同じ景色だわ……！）

　ハウゼル女王国はアイリーンが前世でやった乙女《おとめ》ゲーム『聖と魔と乙女のレガリア4』の舞《ぶ》台《たい》だ。時代設定は今から七百年ほど前、エルメイア皇国もない頃《ころ》であるが、伝統を重んじる国《くに》柄《がら》のおかげか、スチルとまったく変わりない。

　乙女ゲームの世界に転生したことは認めるが、アイリーンはあくまでゲームと現実は別物と認識《にんしき》している。かつて自分がシリーズ一作目の悪役令嬢《れいじょう》なのだと知ったときも、自分の生まれ育った皇都アルカートや通う学園を乙女ゲームの舞台だと感動することはなかった。二作目の舞台であるミルチェッタ公国やミーシャ学園に行った際は観光どころではなかったし、三作目の舞台であるアシュメイル王国へは誘拐《ゆうかい》されて後宮に送りこまれる散々な待遇《たいぐう》で楽しむ余裕《よゆう》はなかった。四作目であるハウゼル女王国に至っては、空中宮殿《きゅうでん》がエルメイア皇国を焼き払《はら》う兵器と化していたので、論外だ。『魔槍《まそう》のワルキューレ』という別作品の舞台であるキルヴァス帝国《ていこく》にも昨年赴《おもむ》いたが、あわや戦争になりそうな緊張感《きんちょうかん》や身代わりだの問題続きで、すぐに引き返してしまった。

だが今回は別だ。もちろん仕事だとわかっているが、ここが乙女ゲームの舞台であることもゲームの問題が片づいていることもわかっているので、気を張る理由がない。

だから、自分の知っているゲームの世界が目の前に広がっていることにも、素直《すなお》に感動できる。前世風に表現するなら聖地巡礼《じゅんれい》。初めての経験だ。

（わたくし、あのシリーズやっぱり好きだったのよねえ……）

妙《みょう》にしみじみしてしまう。とはいえ、観光は後回しだ。

街中から少し外れた海を見下ろす小高い丘《おか》に、エルメイア皇室の別荘はあった。今回のために新たに改築された屋敷《やしき》では、先に現地入りしていた数少ない精鋭《せいえい》の使用人たちが出迎《でむか》えてくれた。荷解《にほど》きに点検にと、途端《とたん》に慌《あわ》ただしくなる。

邪魔《じゃま》にならないようさっさと二階の部屋にクロードと引っこんだアイリーンは、テラスの窓をあけて潮のまじる風を吸い込む。ここは乙女ゲームには存在しない建物だ。

だが、窓から見下ろす青い海も白い砂浜《すなはま》とレースのような波も、すべてが目に優《やさ》しい。

よせては返す波音が、こころなしか時間をゆっくり感じさせる。

「いい眺《なが》め……」

テラスの手すりに身を預けて波音に耳を傾《かたむ》けていたい。静かにクレアを抱《だ》いたクロードも横にやってくる。

「ほら、クレア。また船から見る海とは別だろう」

ぐずることが極端《きょくたん》に少ない娘は、とにかく手がかからない。船上でもほとんど動じることなく、巨大《きょだい》なイカとタコの魔物による魔王《まおう》様スキスキダンスに終始ご機嫌《きげん》だった。今も少し離《はな》れた場所で、やたらカラスたちが目につくのは気のせいではない。

(まさか、あれで隠《かく》れているつもりなのかしら……エルメイアで待っていろとあれほど言ったのに)

魔王の溺愛《できあい》は、魔物にも伝播《でんぱ》する。だがこの島は決してエルメイアの領土ではなく、今は他国の人間も多く集まっているのだ。魔物の姿がどう受け取られるか。

しかし諸々《もろもろ》のことはさておき、平和なひとときには違《ちが》いない。

「船旅で疲《つか》れたでしょう、クレア。お昼寝《ひるね》する?」

クロードの胸に抱かれているクレアも、眠《ねむ》たいのか、紫《むらさき》がかった目をしょぼしょぼさせている。クロードが頷《うなず》いた。

「そうだな。今から皆《みな》でお昼寝して、起きたら砂浜に行こう」

今日も相変わらず娘にべったりなクロードに、アイリーンは呆《あき》れる。

「クロード様は今からバアル様とヴィーカ様にお会いする約束があるでしょう」

親交のある隣国《りんごく》アシュメイル聖王バアルとキルヴァス帝国《ていこく》皇帝ヴィーカとの私的なつきあいの範疇《はんちゅう》だが、実際は視察や舞踏《ぶとう》会、茶会といった本格的な他国との交流が始まる前の会議に向けた打ち合わせだ。シリルが根回ししているとはいえ、ここで足並みがそろわなければ先行きがあやしいことになる。

「わかっている。バアルも娘を連れてくると言っていた。もう立って歩けるとか」

「あら。そういえばわたくしも生まれてすぐ一度お会いしたきりで、久しぶりですわ。大きくなったんでしょうねえ。お名前は、エステラ様でしたかしら」

「ああ。可愛い可愛いとバアルがうるさい。だがクレアのほうが絶対に可愛い。しかたなく勝負することになった」

なんの勝負かさっぱりわからない。

だが、聖王も魔王に負けないほど娘に夢中で、放置すると絶対にろくな打ち合わせにならないことはわかった。唯一《ゆいいつ》希望を託《たく》すならヴィーカだが、年若い彼に魔王と聖王をまかすのも酷《こく》である。

「……ロクサネ様とわたくしもしっかり打ち合わせしますわ。レイチェル、準備はどう？」

テラスの入り口には侍女《じじょ》のレイチェルとクロードの従者と護衛が控《ひか》えている。

「お招きの支度《したく》は滞《とどこお》りなく進んでおります。お時間に余裕はありますが」

「やはり、先に砂浜で散歩だ。そうだ、母上も一緒《いっしょ》がいいだろうクレア」

「キース様、クロード様からクレアを取りあげて」

クロードが衝撃《しょうげき》を受けて固まるが、優秀《ゆうしゅう》な従者はその隙《すき》に見事にクレアを取りあげた。

「さあ、お昼寝の時間ですよクレア様。よく眠って、お仕事を頑張《がんば》ったお父上を出迎えてあげましょうね」

あやしながらクロードを牽制《けんせい》し、さらに背後に控えた護衛にクレアを渡《わた》し、乳母《うば》たちがいる部屋に連れていく早技《はやわざ》だ。娘《むすめ》を取りあげられたクロードが眉根《まゆね》をよせた。

「だが……クレアがいなくては勝負にならない」

「そもそも話し合いの目的はクレアではありませんのよ、クロード様」

「そうだったのか？」

「仕事をしない父親は娘からの尊敬を得られないと思いますわ」

「バアルとヴィーカを出迎える部屋はどこだ？　遅《おく》れてはいけない」

こちらです、とキースがにこやかに答えてクロードを先導する。クロードが振《ふ》り向かないように、素早《すばや》くアイリーンもうしろに続いた。

大して部屋で待たずに、まずアシュメイル国王夫妻訪問の知らせが届いた。アイリーンはクロードとふたりで玄関とつながった大広間へと迎《むか》えに赴く。

階段上から背筋のすっと伸《の》びた女性の姿が見え、アイリーンは思わず階段を駆《か》け下りた。今は私的な場だ。

「ロクサネ様！　お久しぶりですわ」

「アイリーン様、ご無沙汰《ぶさた》しております」

振り向いたアシュメイル王国正妃《せいひ》ロクサネ・シャー・アシュメイルが、静かに目礼する。表情のない顔だが、仕草はとても優雅《ゆうが》で美しい。

「一年ぶりですわよね。お手紙はやり取りしておりましたけれども」

「ええ。お変わりなくて何よりです」

「ロクサネ様も。バアル様は……どうなさったのですか」

ロクサネの斜《なな》め後ろで陰鬱《いんうつ》な雰囲気《ふんいき》を漂《ただよ》わせている男性こそ、ロクサネの夫にしてアシュメイル国王、聖王の異名も持つバアル・シャー・アシュメイルである。親友のうなだれた姿に、クロードが首をかしげた。

「ついに死んだか？」

「生きている、相変わらず失礼だなお前は！　ただ……ただ、エステラを置いてこいと、ロクサネに言われて……！」

ちらとアイリーンがロクサネを見ると、ロクサネは静かに夫を見ていた。

「エステラがいたら仕事になりません」

「だからといって！　こいつにエステラの愛らしさを見せつける絶好の機会だったのだぞ⁉」

「わたくしの娘は働かない父親など尊敬しません」

ぐっとバアルが詰《つ》まる。なぜかクロードが勝ち誇《ほこ》った。

「そうだ。仕事をしない父親など娘に嫌《きら》われる。ちなみにクレアは二階でお昼寝中だ。静かにできるなら会わせてやろう」

「何を勝ち誇ったように！　娘がそばにいるだけでお前の勝ちだとでも⁉」

「勝ち負けなど些細《ささい》なことだ。ただ、僕の娘はここにいる。お前の娘はここにいない。それがすべてだ。歩けるようになったからといって、まだここまではこられないだろう？」

「ふっ……クロード、まさか余の可愛《かわい》いエステラが歩くだけだと？」

「なんだと」

「エステラはつい先日、余のことを『おとぉさ』と呼んだ……！」

クロードがよろめき、あとずさる。バアルが胸を張って笑った。

「どうだ、お前の娘はまだお前をお父様とは呼ぶまい⁉」

「……っすべて、時間が解決することだ。逆に言えば、僕にはこれから楽しみが待っていることになる……！」

「は、強がるな強がるな！　お前の娘がお前を父と呼ぶ頃《ころ》、余は娘と手をつないで散歩しておるわ！」

何やら魔王と聖王が激しい戦いを繰《く》り広げているようだが、かつてないほど無駄《むだ》な勝負を見せつけられる妻のほうがつらい。

「……アイリーン様、申し訳ございません。絶望なさっているでしょう。娘が生まれて一年以上たってもああいう父親がいると……」

「お気遣《きづか》い有り難《がと》うございます、ロクサネ様。今から覚悟《かくご》を決めておきますわ……」

「どうやって仕事をさせましょうか」

「すみません、遅れてしまって！」

訪問を知らせる鈴音《すず》と一緒に、慌ただしく玄関《げんかん》から青年がひとりで入ってきた。護衛もつけず、キルヴァス帝国《ていこく》の若き皇帝ヴィーカ・ツァーリ・キルヴァスが息を切らして照れ笑いを浮《う》かべる。

「色々、会議の関係で挨拶《あいさつ》するところが多くて。お久しぶりです」

クロードそっくりの顔立ちをしているヴィーカは、クロードの従兄弟《いとこ》だ。初めて会うバアルが目を丸くしている。

「噂《うわさ》には聞いていたが、本当にそっくりだな。……愛想《あいそ》のいいお前か……気持ち悪い」

「どういう意味だ」

「ひょっとして、聖王バアル様でいらっしゃいますか」

人当たりのいいヴィーカはバアルの感想に気を悪くすることなく、気さくに話しかける。

「宜《よろ》しくお願い致《いた》します。ヴィーカと呼んでください。そちらは、バアル様の奥方ですか」

「ロクサネと申します。どうぞ、お見知りおきくださいませ。今回の会議も、ヴィーカ様の手《しゅ》腕《わん》によるものだとか」

「私ひとりの力ではありません。宰相《さいしょう》や国に残ってくれたワルキューレたちがいなければ、私はきっと国を出ることすら叶《かな》いませんでした。何より、エルメイアとアシュメイルが各国に呼びかけてくださったおかげです。ね、クロード兄様」

ヴィーカに目配せされて、クロードが頬《ほお》をゆるめる。クロードは従兄弟のヴィーカに兄様と呼ばれて頼《たよ》りにされるのが嬉《うれ》しいのだ。ロクサネがそっとアイリーンに耳打ちした。

「油断ならない方ですね」

「ええ。でもいい方ですわよ」

「そうだお前、ちょうどいい。余の娘エステラとこやつの娘、どちらが可愛いかお前に裁定させてやろう」

せっかくヴィーカの登場で止まった聖王と魔王《まおう》の愛娘《まなむすめ》勝負が再発しようとしている。さすがにロクサネの瞳《ひとみ》が冷たくなった。アイリーンも顎《あご》を引いてクロードをにらむ。

だが、目を丸くしたヴィーカは愛想良く笑った。

「おふたりのご息女ですか。それはそれは、可愛いでしょうね」

「わかっているではないか。なかなか見どころがある」

「僕の従兄弟なんだ、当然だろう。そうだヴィーカ、僕の娘に会っていくといい」

「いいや、その前にうちの娘に会わせてやる。可愛いぞ。本当に可愛い」

「いいなあ。私、奥さんに逃《に》げられちゃったので、娘なんて夢のまた夢です」

場が一瞬《いっしゅん》で凍《こお》り付いた。だが魔王と聖王を固まらせた若き皇帝はまったく気にせず、明るく続ける。

「今は仕事ばかりなんです。仕事も家庭も充実《じゅうじつ》しているおふたりが羨《うらや》ましいです」

「――っい、いや!? お前はまだ若い。仕事に励《はげ》むことも大事だ、なあクロード！」

「バアルの言うとおりだ。さあ仕事に取りかかるぞ。キース、部屋の準備はできているな」

「もちろんですよ、我が主《あるじ》」

颯爽《さっそう》と仕事へ向かう魔王と聖王のうしろで、ヴィーカは「有意義な時間がすごせそうで嬉しいです」などと言っている。

夫たちを見送りながら、ロクサネが静かにこぼした。

「キルヴァスの皇帝は傀儡《かいらい》だと聞いておりましたが……周囲をうまく使わねば生きていけなかったのでしょうね。キルヴァス皇妃《こうひ》殿下《でんか》はワルキューレで、昨年起こった内乱の首謀者《しゅぼうしゃ》だったとも耳にしました。……しかも彼のお姉様も内乱に加わっておられたとか？」

「噂ですわ。男女のことですし、行き違《ちが》いでもあったのでしょう」

キルヴァスの内情を知っていることは、情報戦におけるエルメイアの武器にもなる。ロクサネでもそう簡単にはあかせない。

「もしいい方がおられないのでしたら、うちにぜひおすすめしたい女性がいるのですけれど」

だが、さらりと提案してくるロクサネも負けてはいない。

「アイリーン様、ロクサネ様。あちらのお部屋にお茶を用意しておりますので」

大広間で立ったままやりあうことではないと優秀《ゆうしゅう》な侍女《じじょ》が進言する。アイリーンは頷《うなず》き、にこやかにロクサネを別室に案内した。

ロクサネは無駄な話を好まず、仕事が早い。レイチェルの淹《い》れたお茶をひとくち飲むなり、早速《さっそく》切り出した。

「アイリーン様は、今回出席される他国の妃《きさき》たちとどの程度面識がございますか？」

「まともにお話させていただいたことがあるのはロクサネ様くらいです。キルヴァスの皇妃《こうひ》ディアナ様とも面識はありますが、今回は欠席ですし、他《ほか》はクロード様の即位式《そくいしき》でご挨拶させていただいた程度ですわ」

クロードは長く廃嫡《はいちゃく》されていたのだが突然《とつぜん》皇太子に復帰し、二年とたたず皇帝になった。他国からすれば寝耳《ねみみ》に水の話だっただろう。しかもハウゼルから宣戦布告を受けたり、とにかく激動の皇太子時代だった。おかげで皇太子の頃に他国の国王や妃とまともに交流する機会がほとんどなかったのだ。

「クロード様の即位《そくい》後も、わりあいすぐにわたくしが懐妊《かいにん》したので……。公務をおろそかにしているようでお恥《は》ずかしい話なのですけれど」

「いいえ、わたくしも似たようなものです。アシュメイルは長く鎖国《さこく》状態でしたし、後宮の妃は基本、外出もせず顔も出さない決まりでしたから」

方針を変え、後宮も解体されたのがここ二年ほどのアシュメイルの動きだ。きっかけとなる事件にアイリーンも関《かか》わっていたので、よくわかっている。

「とはいえ、バアル様があういう方です。既《すで》にご到着《とうちゃく》の方々と、ひととおりの挨拶はすませたようです。……娘《むすめ》を見せびらかすついでだった気もしますが……今夜、顔見せがわりの夜会があるでしょう。わたくし、まずお詫《わ》びに回らないといけないかもしれません……」

「……お疲《つか》れ様です」

クロードはあんな顔をして実は人見知りだ。バアルのようには振《ふ》る舞《ま》えない。

「ただ、気になる話を耳に挟《はさ》みました。おそらくクロード様にも話がいくと思いますが、女王候補のことです。今、オルゲン連合王国の別荘《べっそう》に身を寄せてらっしゃるとか」

「オルゲン……いくつかの国がまとまってできた新興国ですわよね。二十年ほど前にやっと紛《ふん》争《そう》が終わった南部の……」

長く鎖国はしていても外の知識と情報を吸収することを怠《おこた》らなかったロクサネは、こくりと頷き返す。

「アシュメイルはエルメイアとしか隣接《りんせつ》しておりませんし、交流はありません。エルメイアのほうはどうですか？」

「うちもいくつかの国や大きな山脈も挟んだ向こうなので、詳《くわ》しくは。交易はあったはずですけれども……」

商会をまかせている部下のほうが詳しそうだ。とはいえ最低限の知識は叩《たた》き込まれている。

「クロード様の即位式には大使よりお祝いをいただいています。……でも、女王候補の話は一体どこから？」

「情報源はお教えできません。が、信頼《しんらい》できるとわたくしは判断しております」

アイリーンはロクサネを友人だと思っているが、言えないことはある。互《たが》いに背負っているものをないがしろにはできない。

「わかりました、追及《ついきゅう》しません。別のお話がありますのね？」

「ええ。アシュメイルで妙《みょう》な新興宗教が流行《はや》ったのはご存じでしょう。世界を統一するだとか言っていたところです。どうも女王候補と関わっているとわかりました。もともとハウゼル女王の復活も唱えていましたので、おかしな話でもないのですが……シリル宰相のご指摘《してき》どおりでした」

いったい何の話だ、聞いていない。だが動揺《どうよう》を押し隠《かく》し、神妙《しんみょう》な顔を作る。兄がアシュメイルをけしかけたことを台無しにするわけにはいかない。

「やはりそうでしたか。詳細《しょうさい》はつかめました？」

「布教のため他国に出て行った過激な信者の動向がまったくつかめません。国内に残っていた者たちも、全員、今年に入って行方《ゆくえ》不明です」

さすがに全員とくるとただごとではない。

「他国に滞在《たいざい》しているはずの信者については、今回の会議で各国に協力をお願いし、調査するつもりです。ただ、国内で確認《かくにん》できた限りでは、大半がハウゼルに向かうと言い残して姿を消しています」

「……では、ハウゼルに住み着いた可能性もあるのでは？　今のハウゼルは行政が機能していませんから、難しくはないでしょう」

「調べていますが、今のところハウゼルで見つかっておりません。調査できる範囲《はんい》も限られています。空中宮殿《きゅうでん》のあった中央島に出入りする船も、島も、王宮勤めだったという巫女《みこ》たちが未《いま》だにしっかり見張っています」

無視して乗りこむことはできるだろうが、今もなおハウゼル女王国から離《はな》れない住民の反発を買ってしまうだろう。忍《しの》びこむのも、緊急《きんきゅう》事態でもないのにそんな行動が発覚すれば非難の的になる。特に今は会議前で、他国の目もある。抜《ぬ》け駆《が》け、品のない行動と、国の威信《いしん》を落としかねない。

「……今更《いまさら》ですけれど、よくハウゼルでの会議の開催《かいさい》にこぎ着けられましたわよね。住民の反発をどうヴィーカ様はおさめたのだか……」

「女王を決めたい巫女たちと利害が一致《いっち》したのではなくて？」

「ロクサネ様はキルヴァスと巫女たちが通じているとお疑いですか」

「否定はしませんが、少なくとも女王候補と巫女たちの間に既になんらかのやりとりがあると思います。そもそも今の島の巫女たちが本当にハウゼルにいた巫女なのか、わたくしたちには確かめる術《すべ》もありませんが……」

ハウゼルの国民を把握《はあく》していたのは当然、統治をしていた女王とその周辺だ。記録の管轄《かんかつ》が空中宮殿だったとすれば、ほとんどが失われていることになる。

口元に手を当てて、アイリーンはしばし思案する。

「……明日の視察で何かわかればいいのですけれどね」

「エルメイアでは行方不明者が増えたとか、そういった話はありませんでしたか？　あるいは妙な宗教が流行ったとか……アシュメイルと唯一《ゆいいつ》国境を接しているのはエルメイアです。地理的にも手段的にも、一番移動しやすい」

「いいえ、うちでは把握しておりません。うちで人口の変動問題といえば、ハウゼルから船でやってくる移民です」

いくらなんでも、そんな不穏《ふおん》な事情があればシリルでも教えてくれるはずだ。

「そうですか……とりあえず、どこまで布教に出たのか調べるところからですね。北の大陸まで渡《わた》っている可能性もあります」

「わたくしも情報が入ればお知らせします。我が国の不利益にならない範囲で、ですが」

「お気になさらず、わたくしも同じです。……嫌《いや》なことにならなければよいのですが」

「前向きに考えましょう。多くの国と交流がとれるせっかくの機会なのですから、情報も効率よく集められますわ」

夜会の準備があるアイリーンもロクサネも、今はゆっくり検討する時間がない。アシュメイルの将軍であるアレスは留守番だがロクサネのおつきでサーラはきているだとか、アシュメイルに留学したカイルの婚約者《こんやく》は無事大学を卒業できそうだとか、他愛《たわい》ない近況《きんきょう》を伝えただけで時間がやってきて、お開きになった。

会議前の顔合わせの夜会といえど、公的な行事には変わりない。何より、物事は最初が肝心《かんじん》である。かつてキルヴァス帝国《ていこく》で、結婚《けっこん》前の皇妃ディアナと対峙《たいじ》したとき、咄嗟《とっさ》に『難しいことは何もわからない皇后』らしく振る舞うことを決め、出し抜いたように。

とはいえ、今回は既にロクサネとも交流があるし、いくつもの国の目がある中で侮《あなど》られるのは問題だ。エルメイア皇国は魔王《まおう》や魔物という爆弾《ばくだん》を抱《かか》えた、敵視されやすい国だ。したたかであらねばならない。魔道士を排斥《はいせき》し魔石の研究におくれが出たが、かつての軍事大国などと言われてはならないのだ。しかも聖剣《せいけん》の乙女《おとめ》という、ハウゼル女王国も認める神威《しんい》を切り捨てた今は、なおさら他国からの支持が必要だった。

かといって、威嚇《いかく》しすぎても問題になる。

そういう複雑な立ち位置をすべて承知したレイチェルを筆頭に、優秀《ゆうしゅう》な女官たちが用意してくれた装いは、薄紫《うすむらさき》色のレースが優雅《ゆうが》に広がる上品なドレスだった。紫はエルメイアでは皇族しか身につけることの許されない禁色である。聞けば、ロクサネも今回はアシュメイルの禁色である赤を纏《まと》う予定らしい。

各国の妃の装いも振る舞いも、国を象徴《しょうちょう》するものだ。既に外交は始まっている。結《ゆ》いあげた髪《かみ》の飾《かざ》りも装飾品《そうしょく》も、最高級の輝《かがや》きを放つシンプルなものを。化粧《けしょう》は上品に、だがシャンデリアの明かりに映《は》えるように。今のアイリーンは、周囲の視線を否応《いやおう》なくさらっていく夫の美貌《びぼう》にそっと寄り添《そ》い、見る者を穏《おだ》やかにさせる宝石だ。

「今夜も僕の妻は文句なしに美しい」

深紫の豪奢《ごうしゃ》なマントを羽織ったクロードが、アイリーンの手を取り、口づけた。

「お上手ですこと。つい先ほどまで、クレアが世界で一番可愛《かわい》いとでれでれしてらっしゃったくせに」

「君と娘《むすめ》をくらべられるわけがないだろう。どちらも世界一だ」

「しかたありませんわね。クレアにかまけて出発時間がぎりぎりになったことは、許して差し上げます」

クロードは恭《うやうや》しく馬車の中へとアイリーンを招き入れた。

向から先は、会議の発案者であるキルヴァス帝国が『寄付』と銘打《めいう》ってもともとあったハウゼルの議事堂と隣《となり》の舞踏《ぶとう》会場を改修・増築した建物だ。会議に使う議事堂と交流に使う舞踏会場をつなげる大改築である。主導はキルヴァスだが、エルメイアも幾《いく》ばくかの資金援助《えんじょ》をしている。額の大小はあれど、各国も同じだろう。

そして今回、アイリーンたちが向かうのは、舞踏会場のほうだ。

等間隔《とうかんかく》に並んだ瓦斯《がす》灯と緑の芝生《しばふ》が続く通路を通り、噴水《ふんすい》のあがる前庭を回り込み、馬車が神殿《しんでん》めいた出入り口に辿《たど》り着く。

馬車をおりたアイリーンは、つい感嘆《かんたん》の息を吐《は》いた。歴史を感じさせる荘厳《そうごん》な建築様式もそうだが、ここは『聖と魔と乙女のレガリア4』で舞踏会が行われた場所でもある。

寄付の名目であっても、大きな改造をするのは控《ひか》えたのだろう。伝統を残した外観は、スチルのままだった。

「建物ひとつとっても、さすがの貫禄《かんろく》ですわね……」

「隣の敷地《しきち》には女王候補たちが学ぶ学園もあるらしい。今は閉鎖《へいさ》中だが……母上や父上がきたら、懐《なつ》かしがるだろうか」

クロードが父母と呼ぶのは人間ではなく、魔物の両親のほうだ。

魔の神と呼ばれた4のヒーロー兼《けん》ラスボスのルシェルと、魔剣《まけん》の乙女と呼ばれた悪役令嬢《れいじょう》グレイスは、七百年ほど前のハウゼル女王国に出入りしていた。

「母上は魂《たましい》だけの状態だから、あまり長く魔界から離れないほうがいいんだろうが」

「今回もクレアをつれていくと聞いて、散々ごねられましたものね」

「……。魔界でおとなしくしてくれているといいんだが……」

屋敷《やしき》では既《すで》にカラスがやや多めだったのだ。いつ現れてもおかしくない。かつての魔王夫婦《ふうふ》はとても自由な気風なのだ。

「……。考えるのはやめましょう」

いずれ消える妻と少しでも長く一緒《いっしょ》にすごすため、魔王の森にある古城にしか現れないと決めた魔の神の愛を信じたい。クロードもそうしたようだった。

今回はキルヴァスが会議までの行事を取り仕切っているので、こちらが用意できる護衛の人数も使用人も最低限だ。護衛の――最近、近衛騎士《きし》の称号《しょうごう》を与《あた》えられたウォルトとカイルのふたりをつれて、従者のキースと侍女《じじょ》のレイチェルとは別れる。

会場に入ると、護衛のふたりもやや離れた位置を陣取《じんど》った。小さい夜会と聞いていたが、それなりの規模だ。ハウゼルから嫁《とつ》いだとか、ハウゼルと縁故《えんこ》のある各国の貴族も招かれていると聞いている。ぼやぼやしているとあっという間に時間が流れてしまうだろう。

アイリーンはクロードの手を放した。心得たもので、クロードも止めはしない。

「無理はしないでくれ」

「クロード様こそ、あまりバアル様にご迷惑《めいわく》をかけないように。……お姿が見えないようですけれど、おひとりで大丈夫《だいじょうぶ》ですか？」

「なぜそんなふうに言われるんだ」

しかめっ面《つら》になっているが、クロードは決して話し上手ではない。寡黙《かもく》なほうだ。ふんぞり返っていれば誰《だれ》かが世話をしてくれる国内とは違《ちが》う。しかも他《ほか》をまず威圧《いあつ》するこの顔である。

「友人を作るいい機会だ。いってくる」

バアル以外の友人も諦《あきら》めていなかったらしい。だが、信じるしかないだろう。颯爽《さっそう》と踵《きびす》を返したクロードの背中からも、やる気がみなぎっている。

(……やる気が仇《あだ》にならないといいけれど)

「アイリーン様、こちらです」

周囲を見回していると、早速《さっそく》ロクサネが手招きしてくれた。上品な赤の、精緻《せいち》な意匠《いしょう》が施《ほどこ》されたアシュメイル風のドレスだ。他にくらべて意匠に華《はな》やかな特徴《とくちょう》がある。あえてハウゼルや同系統の文化を持つドレスを選ばなかったらしい。見れば、手招きの先にいる女性たちの装いにも、そういう国風があった。

「皆様《みなさま》、エルメイア皇国のアイリーン皇后です。アイリーン様、こちらは」

「お待ちください、ロクサネ様。ぜひ、当てさせてくださいな」

公的な場だが、あくまで交流が目的だ。そういう余興も許されるだろう。ロクサネも止めるでもなく口をつぐんでくれた。

まずアイリーンは、招かれた丸テーブルの手前、いちばん年若い女性に笑いかける。

「ヒリッカ公国のニーナ公妃《こうひ》でいらっしゃいますか」

「まあ……初めてお会いしますよね？　キルヴァス皇帝《こうてい》の結婚式は確かご欠席で……」

「まだ十代とおうかがいしてましたので。私もまだ二十歳《はたち》になったばかりですけれど……何より、ヒリッカ公国といえば宝石の加工と名馬の産地です。おつけになってるイヤリングが、紫や青に色が変わって見えますわ。灰簾石《ブルーゾイサイト》ですわね。初めて見ました」

きらきら色の変わるイヤリングに恥《は》ずかしそうに指先を当て、ニーナ公妃がはにかむ。着ている服が薄桃色《うすももいろ》の可愛らしいドレスだからか、雨上がりの花畑を思い出させる装いだ。

「よく気づかれましたね。こんなに小さいのに。でもアイリーン様のつけておられる宝石も、とてもカットの角度が素敵《すてき》です」

「次、ワタシ、わかりますか」

ニーナ公妃の横で勢いよく挙手したのは、アシュメイルとも違う特徴的なドレスを着た黒髪《くろかみ》の女性だった。濃《こ》い緑と茶色と白を使って作られた刺繍《ししゅう》の柄《がら》は花のようだが、生地《きじ》すべてに縫《ぬ》いこまれているからか、遠くから見ると蛇柄《へびがら》に見える。腰《こし》を浮《う》かせたときに太股《ふともも》が見えたのは、大きくスリットが入っているからだ。腰から斜《なな》めにさげている金色の環《わ》の飾りも珍《めずら》しい。

「もちろん。グロス諸島共和国の、ダナ王女でしょう」

「正解です！　ワタシ、発音変じゃないです、ですか？」

ダナがニーナに確認《かくにん》している。友人のようだ。シリルの情報にはなかったから、島にきて意気投合したのかもしれない。ヒリッカ公国とグロス諸島共和国は、キルヴァス帝国と同じ北東大陸に位置している。南西大陸の相手よりは気安かったのだろう。

「いいえ。とても聞き取りやすいですわ。ハジメ、マシテ」

グロス諸島共和国の挨拶《あいさつ》をたどたどしく発音したアイリーンに、ダナが顔を輝かせる。

「とても、お上手！」

「実は言えるのはこれだけなんですの。ロクサネ様からこっそり教えていただいたんです」

「へえ、ロクサネ様も！　しゃべれますか」

「お聞かせできるほどではありませんが、挨拶程度なら」

無表情のロクサネを嫌《いや》がるでもなく、ダナはにこにこしている。

「嬉《うれ》しいです。たまに発音、出てしまう。よろしくお願いです、します」

「勉強させてください。グロスは参加国の中でもエルメイアから一番遠方の国ですから、色んなお話を聞きたいですわ」

「おまかせあれ！」

胸を叩《たた》いたダナを小さく鼻で笑った貴婦人に、アイリーンは目を向ける。すぐアイリーンの視線に気づいた婦人は、自分の隣にいる人物に上品に微笑《ほほえ》みかけた。

「若い方は無邪気《むじゃき》でよろしいですわね」

「私からすれば、あなたも十分お若いですよ」

「――失礼しました、オードリー王妃《おうひ》。キャロル王妃も」

口元に微笑をたたえたままの細い体つきのほうが、オルゲン連合国の王妃オードリー。既に四十代のはずだが、まだ二十代でも通りそうな美しく彫《ほ》りの深い顔立ちをしている。

その隣で穏やかに笑っているのは、マイズ中立国の王妃キャロルである。既に栗色《くりいろ》の髪《かみ》に白いものが多くまじり始めている彼女は、五十をとうにすぎている。夫のマイズ国王は、首脳陣《じん》の中で最高年齢《ねんれい》になる六十三歳である。

「アイリーン・ジャンヌ・エルメイアと申します。お見知りおきを」

気安い接し方を好む相手ではないと素早《すばや》く頭を切り替《か》えて、先に優雅《ゆうが》に一礼した。するとオードリーが薄《うす》く微笑む。

「まあ。うちのような新興国家に歴史あるエルメイア皇后から丁寧《ていねい》なご挨拶をいただくと、どうしていいかわからなくなってしまいますね」

慎《つつし》み深い笑《え》みに、油断ならない言い回しだ。手強《てごわ》そうである。

「どうぞアイリーンと気安く呼んでくださいませ、オードリー様。最近のオルゲン連合国の技術進歩には目を瞠《みは》るばかりで、ぜひお話をしたいと思っておりました」

「お気遣《きづか》い有り難《がと》うございます。私もアイリーン様とお話しできるのを楽しみにしておりましたのよ。お噂《うわさ》は聞いておりましたから、ええ、色々と」

「さあさあ、お話はテーブルについてからにしましょう。とてもおいしいお菓子《かし》がたくさんありますよ」

柔《やわ》らかいがはっきり耳に届く声で、おっとりとキャロルが間に入る。オードリーは挑発《ちょうはつ》的な物言いのわりに、そうですねとあっさり引き下がった。

アイリーンが腰をおろす前に、会場にある柱時計の音が鳴る。舞踏《ぶとう》会の始まりの合図だ。

あらあらと、キャロルが立ち上がった。

「忙《せわ》しないわねえ。ファーストダンスはうちなんですよ。最近はダンスもゆっくりしたものでないと、足がもつれそうで不安だわ」

「ご謙遜《けんそん》を、キャロル様。ワルツは大のお得意でしょう」

皮肉っぽい言い回しだがオードリーの声色《こわいろ》には気安さがまじっている。

「ふふ。若い人には負けませんよ。では、いってきますね」

大理石の会場の最奥にある壇上《だんじょう》に向けてキャロルが歩き出す。絨毯《じゅうたん》が敷《し》き詰《つ》められたそこには、ヴィーカとマイズ国王らしき人物が待っていた。キルヴァス宰相《さいしょう》であるエルンストもまじえて何やら雑談している。

「ダンス、ワタシも踊《おど》る予定です。父上と」

「ご挨拶したばかりですけれども、夫をつかまえたほうがよさそうですわね。各国の主賓《しゅひん》が踊らねば示しがつかないでしょう」

オードリーが、ではと目礼だけしてさっさと歩き出す。ワタシもとダナが立ち上がると、ニーナも優雅に一礼してテーブルから離《はな》れていった。

「わたくしたちも参りましょうか」

ロクサネに誘《さそ》われ、アイリーンは頷《うなず》く。

「クロード様、バアル様と合流できているといいのですけれど……」

目立つあの顔と存在感は、意識すれば一瞬《いっしゅん》で見つかる。だがどうもひとりのようだった。

何やらワイングラスを持ってうろうろしている。嫌な予感がした。

息を呑《の》んで立ち尽《つ》くしていると、ロクサネにそっと耳打ちされる。

「バアル様があちらにおられるので、わたくしも……あら、でもクロード様も近くにおいでですね」

ロクサネが目で示した先には、楽しげに男性の輪の中で笑っているバアルがいた。少し離れてはいるが、笑い声は届きそうな距離《きょり》にクロードはいる。目も向けている。

(まさか輪の中に入れず、ずっと周囲をうろうろしてらっしゃるの⁉)

アイリーンの隣《となり》にいるロクサネも、クロードの挙動に気づいたのか首をかしげている。

「どうされたのでしょうか、クロード様。おひとりで」

「きゅ、休憩《きゅうけい》中ですわきっと！　騒《さわ》がしいのがお好きな方ではないので……あ」

グラスがからになったのか、背後の給仕《きゅうじ》に目を向けたバアルがクロードに気づいた。目が合ったクロードが固まるのがアイリーンにも伝わる。

呆《あき》れ顔のバアルがつかつかクロードに近寄って、肩《かた》をがっしり両腕《りょううで》でつかみ、ずるずると引きずって元の輪の中に戻《もど》っていた。この間、十秒もない。

だが、アイリーンの手のひらに汗《あせ》がにじむ十秒だった。

のけ者魔王《まおう》が人気者聖王のおかげで仲間の輪に入れた瞬間だ。

「ありがとう、バアル様……！」

「アイリーン様、目に涙《なみだ》が……どうされたのですか？」

「ごめんなさい、つい……どうか見なかったことにしてくださいませ」

はあ、とロクサネがやや気の抜《ぬ》けた相づちを返す。

「お集まりの皆様《みなさま》」

ヴィーカの挨拶が始まってしまった。こうなると移動しづらい。夫たちの居場所は把握《はあく》しながら、切りのいいところを待つべきだろう。

冗談《じょうだん》も交えたヴィーカの挨拶はすぐに終わり、マイズ国王夫妻に舞台《ぶたい》を譲《ゆず》る。合図と一緒《いっしょ》に管弦《かんげん》がワルツを奏《かな》で出し、最年長夫婦《ふうふ》のマイズ国王夫妻は、ゆったりと、だが優雅に踊り始めた。気負った様子のない楽しげな夫婦の姿に、アイリーンの頬《ほお》もほころぶ。

「憧《あこが》れますわね、ああいうご夫婦」

「ええ。マイズ中立国は決して大きな国ではありません。オルゲン連合国や他国に囲まれた国です。様々な難題やご苦労を乗り越《こ》えられてきたからこそでしょう」

夜会の始まり、すなわち二大陸会議の始まりにもなるファーストダンスを主催《しゅさい》のキルヴァス帝国《ていこく》が譲ったのは、皇帝ヴィーカにいい相手がいないからだ。彼の妻ディアナは国の革命を掲《かか》げ、彼を殺そうとし、逃亡《とうぼう》した。ヴィーカも結婚式《けっこんしき》を身代わりですましているし、見事な仮面夫婦がこういう場を温められたとは思えない。

（そういえばヴィーカ様、まだ離婚《りこん》の手続きはしてないのかしら？　意中の女性がいるって話だったけれど……少しは進展したのかしら）

ふたりきりで話せる機会があったら聞いてみよう。

マイズ国王夫妻にダンスを譲ったのはいい采配《さいはい》だ。周囲は穏《おだ》やかに人生の先輩《せんぱい》たちの踊りを眺《なが》めている。ハウゼルの女王位は頭を悩《なや》ませる難問だが、いい空気を感じる。どこかが用意した女王候補も悪くないかもしれない。

そんなアイリーンの希望的観測となごやかなワルツを、乱暴な音が引き裂《さ》いた。舞踏会場の出入り口である大きな両扉《とびら》から物々しい足音を立て、槍《やり》を持った女兵士が入りこんでくる。

「アイリちゃん、うしろに」

「ロクサネ様も動かないでください」

目視できない速さでクロードの護衛であるウォルトがアイリーンの前に飛びこんできた。隣のロクサネの前にはカイルが立っている。クロードにあらかじめ命令されていたのだろう。

ダンスを中断されたマイズ国王夫妻も他国の要人たちも、それぞれつれてきた護衛にかばわれている。突然《とつぜん》の乱入者を取り囲むようにキルヴァスの兵士たちが進み出た。

「なんだろうね、美人さんが多いけど」

物々しい空気を誤魔化《ごまか》すようにウォルトが軽口を叩く。カイルが鋭《するど》く周囲を牽制《けんせい》した。

「女性だからと油断するな。あの槍にはめこまれているのは、神石じゃないのか」

「魔槍《まそう》よ」

アイリーンの答えに、護衛ふたりは得心したようだった。

「じゃあ、あれがキルヴァスのワルキューレか」

「散々、私たちワルキューレを魔物《まもの》と戦わせておいて、武器を向けるのね。まるで一人前の兵士みたいな顔をして」

高めの声と、踵《かかと》の音が響《ひび》く。冷ややかな眼差《まなざ》しも整った顔立ちも、『故郷を燃やされ笑顔をなくした』というゲームのヒロイン設定にぴったり当てはまる出《い》で立ちだ。

エルンストの背にかばわれたヴィーカが、眉《まゆ》をひそめて前に出る。

「ディアナ……どうしてここに君がいる」

既《すで》にゲームの設定からはずれている『魔槍のワルキューレ』のヒロインは、倒《たお》し損《そこ》ねたラスボスの困惑《こんわく》を鼻で笑った。

「今の私は女王候補の護衛よ。そうよね、オルゲン国王？」

「――そうであった。皆《みな》に朗報がある！」

よく通る声で、オルゲン連合国の国王が応じた。細身の妻にくらべると、ずいぶん体格がいい。装飾品《そうしょく》をじゃらじゃらと鳴らし、大股《おおまた》で会場の真ん中に進み出てきた。少し離れたところでオードリー王妃《おうひ》は静かに佇《たたず》んでいる。

人好きのする笑《え》みを浮《う》かべ、オルゲン国王が演説のように大きく声を張った。

「ハウゼルの女王とはすなわち未来が視《み》える者だ。皆にも相違《そうい》はなかろう。故《ゆえ》に、女王にふさわしい女性を見つけ、女王候補として我が国で保護させていただいた。名はカトレア」

青ざめたエルンストの横で、ヴィーカが厳しい顔つきになる。

「ディアナ。君、姉様と今度は何をたくらんでる」

「勘違《かんちが》いしないで頂きたい、キルヴァス皇帝。彼女らはキルヴァスとはなんの関係もない。行方《ゆくえ》不明の貴殿《きでん》の姉と名が同じなのは、偶然《ぐうぜん》だ。そこのワルキューレも同じである」

ディアナもカトレアもキルヴァス帝国からすれば内乱の首謀者《しゅぼうしゃ》だ。だが、反射的に言い返さないヴィーカも、拳《こぶし》を握《にぎ》るだけのエルンストも思慮《しりょ》深い。状況《じょうきょう》がわからないまま感情的にやり取りすれば、オルゲン連合国と対立してしまうのがわかっているのだ。

ワルキューレたちが、オルゲン連合国を後ろ盾《だて》につけたのは、もはや誰《だれ》の目にもあきらかだった。

「ではご紹介《しょうかい》しよう、女王候補カトレアだ」

オルゲン国王が、なだれこんできたワルキューレたちを視線で示す。ワルキューレたちの奥から、長い裾《すそ》をゆらし、優雅《ゆうが》に女性が進み出てきた。ハウゼルの巫女《みこ》装束だ。わざわざあつらえたのか。薄《うす》いレースをかぶって素顔《すがお》を見せないのも、ハウゼル式だ。

何より衆目にさらされても動じない、凛《りん》とした佇まいが、高貴な身の上を物語っている。

それも当然だ。彼女は皇女であり、皇姉《こうし》だった。にもかかわらず、ワルキューレとして名を馳《は》せるほど優秀《ゆうしゅう》でもあった。

「お初にお目にかかります、皆様。カトレアと申します」

ワルキューレのときとは違《ちが》う鈴《すず》を転がすような軽《かろ》やかな声色《こわいろ》が耳を打つ。

「次のハウゼル女王になるべく、皆様にご挨拶《あいさつ》に参りました。どうぞ宜《よろ》しくお願い致《いた》します」

美しい一礼から顔をあげた悪役令嬢《れいじょう》カトレアが、こちらを見る。口紅をひいた唇《くちびる》が嘲《あざけ》りに彩《いろど》られ、ほころんだ気がした。

# 第二幕　悪役令嬢たちは本性を隠す

「オルゲン連合国に女王候補が現れたのは、去年の暮れだったようです」

屋敷《やしき》に戻るまで一切無駄口《いっさいむだ》を叩《たた》かなかったアイリーンの侍女《じじょ》レイチェルは、就寝《しゅうしん》の支度《したく》をする頃《ころ》になってようやく切り出した。会場の騒ぎは当然、使用人たちが控《ひか》えている部屋にも伝わっていただろう。情報収集をしてくれていたのだ。

「妙《みょう》な宗教団体と一緒に、布教で貧民街を回っていたとか。遠いキルヴァスの寒波を当てたり、予知能力があるという触《ふ》れ込みで噂《うわさ》がどんどん広まり、迷宮入《めいきゅう》りしそうだったオルゲンの偽造《ぎぞう》貨幣《かへい》に関わった貴族の名を見事当てたことで、国王の信頼《しんらい》を得たのだそうです。侍女や従者が自慢《じまん》してました」

「そう……その話は既に広がってるわね」

「はい。ここにきてからも、地震《じしん》を予知されたと聞きました。昨日、本当に小さな地震があったそうです。ハウゼルで地震は珍《めずら》しいですから、半信半疑だった皆さんも否定しきれなくなっているようです」

「昨日なら、まだ到着《とうちゃく》していなかったのはうちと……」

「アシュメイル王国ですね。昨日の午後の到着だったそうですから。地震は午前中の出来事でグロス諸島共和国の首長も王女殿下《でんか》も、これが魔法《まほう》かと感心しておられているようです。マイズ中立国も保養がてらオルゲン連合国より先に現地入りしてらっしゃいましたから、ご存じでしょう。ですが、キルヴァスにはまったく伝わっていなかったようです。使用人や兵たちが混乱していました」

使用人からの情報は侮《あなど》れない。しっかり情報収集してくるレイチェルは優秀だ。そんな彼女は『聖と魔と乙女《おとめ》のレガリア2』の悪役令嬢でもある。ロクサネも続編3の悪役令嬢だ。悪役令嬢は基本スペックが高い優秀な人材が多い。でなければ、ヒロインが倒しても爽快感《そうかいかん》が得られないからだ。

ファンの間で「高尚《こうしょう》」「ただの乙女ゲームではない」などと言わしめた『魔槍のワルキューレ』の悪役令嬢ならば、なおさらだろう。

「キルヴァスから邪魔《じゃま》されないよう、水面下でやり取りしてたんでしょうね。それとなく信じさせたあとに公表する。やられたわ。まさか女王候補として再登場するなんて……」

オルゲン連合国が庇護《ひご》する以上、あのふたりを安易に捕《つか》まえることはできない。

オルゲン国王は紛争《ふんそう》続きだった小国をまとめあげた人物だ。新興国ではあるが、多文化を呑《の》みこんでできた強さは本物である。領土も広く、ここ数年は大きな内紛もなく人口は増え続けている。何よりほんの十数年前まで紛争地帯だったのだ。戦いを切り抜《ぬ》けた熟練の兵士や将がそろっている。

ここ数十年、大きな戦争も経験せず、魔石の技術開発も遅《おく》れ、かつての軍事大国になりつつあるエルメイアにとって安易に戦争を選択《せんたく》できる相手ではない。支援《しえん》をしてくれそうなキルヴァスは海の向こう、隣国《りんごく》のアシュメイルも聖石の技術こそ優《すぐ》れているが聖なる力は人間には効かない。地理的にもエルメイアが最前線になる。

「マイズは中立国。敵にも味方にもならないでしょうし……グロス諸島共和国って国民が全員海兵って話だから……」

オルゲン連合国と一緒《いっしょ》に敵に回すのは厄介《やっかい》すぎる。しかもグロス王女であるダナがヒリッカ公妃《こうひ》のニーナと親しげだった。ひょっとすると、既に何かしらの共同戦線を張っていてもおかしくない。

「とにかく各国が何を考えて、どことつながっているかわからないと下手に動けないわ」

「明日、クロード様たちは初回の会議をする予定ですよね。大丈夫《だいじょうぶ》でしょうか」

「わたくしも各国の高貴な女性たちと一緒に視察よ。かつてのハウゼル王宮跡《あと》をね」

おそらく面子《メンツ》は先ほどファーストダンス前に挨拶した女性たちになる。

「とにかく情報がいるわ。まずは予知についてね。厄介だわ。ハウゼル女王にふさわしい能力だもの……本当ならね」

「他《ほか》にも、明後日《あさって》は天気が悪く海に渦潮《うずしお》が発生して船が出せなくなると予知をなさっていると聞きました。二回目の視察は取りやめるようずっと提案なさっているんだとか。何かからくりがあるんでしょうか」

「一応、心当たりはあるわ」

ゲームでディアナたちがハウゼルに攻《せ》めこもうとするとき、海で大渦がいくつも発生して船で近づけないエピソードがあった。起動する仕掛《しか》けが海底施設《しせつ》にあり、確か仲間が自爆《じばく》して壊《こわ》し、ディアナたちは涙《なみだ》ながらに攻めこむイベントがある。

（やっぱり海底施設は残っている可能性が高い……！）

キルヴァスで見つけた箇所《かしょ》は出入り口も含《ふく》め既《すで》に崩壊《ほうかい》しているが、他に出入り口があってもおかしくないし、ディアナたちはそこを押さえているのかもしれない。

予知うんぬんよりそちらのほうが厄介だ。

「まだ確信はないの。とにかく情報ね、必要なのは」

「わかりました。オルゲンの方々は女王候補について何も知らない私たちに色々教えてくださいますから、皆《みな》にも情報を集めるよう言っておきます」

「……ひょっとして、皆、何か嫌《いや》な思いをした？」

ハウゼルの女王位を巡《めぐ》って、各国の上下関係が決まり始めている。当然、主《あるじ》の格に使用人たちも振《ふ》り回される。

心配するアイリーンに、レイチェルは完璧《かんぺき》な侍女の微笑《ほほえ》みを作った。

「セレナ様の的確な嫌みにくらべれば可愛《かわい》らしいものですよ」

出世街道《かいどう》をひた走る女性官僚《かんりょう》のきつい物言いを思い出して、苦笑いを浮《う》かべてしまう。

「無用な心配だったわね」

「はい。キース様はクロード様の悪口ならいくらでも出てきますし、私たちもアイリーン様の破《は》天荒《てんこう》振《ぶ》りに振り回されておりますので」

「待って、逆に心配になってきたのだけれど。あなたたち、積極的に自分の主の品格を落としていく気なの？」

「キルヴァス帝国《ていこく》ではそうしろというご命令でした」

そうだった。キルヴァスを訪問した際、懐妊《かいにん》中だったアイリーンは侮られたほうが情報を得られると判断し、カトレアとディアナの前でクロードに庇護されるだけで難しいことは何もわからない妃《きさき》を演じたのだ。

「今回も陰《かげ》の総司令官として動くならそうおっしゃっていただけると助かります」

「……そうね。他国の目もあるから、あまり侮られるわけにもいかないけれど……今回は、少し反省して大人っぽくなれるよう背伸《せの》びをしている妃でどう？」

「ロクサネ様をだませるとは思いませんが」

「思慮《しりょ》深い方だから、黙《だま》って見守ってくださるわ。むしろ逆手に取られないよう気をつけないといけないわね。ロクサネ様だって自国を守らねばならない立場なのだもの」

「では、そのように周知させます」

話の区切りがいいところで寝化粧《ねげしょう》を終え、レイチェルが退室する。本当に頼《たの》もしい侍女だ。

入れ替《か》わりで寝室《しんしつ》に入ってきたのはクロードである。まず、まっすぐに熟睡《じゅくすい》しているクレアのところへ向かっていった。

「……抱《だ》いたら起こしてしまうな」

「寝顔だけで我慢《がまん》してくださいませ。先ほど眠《ねむ》ったところなんですから」

「予知だのなんだのの話は聞いたか？」

また娘《むすめ》が可愛い話で時間を潰《つぶ》すのかと思ったら、きちんと仕事の話を切り出された。さすがに娘を可愛がってばかりいられる状況《じょうきょう》ではないとわかっているようだ。

「ええ、レイチェルから。クロード様がキース様から聞かれている内容と同じでしょう」

「そうか。……ややこしいことになったな」

「ヴィーカ様は何かおっしゃってました？」

ディアナとカトレアのふたりに煮《に》え湯を呑まされたのは、キルヴァス帝国だ。

「とにかく情報を集める、だそうだ。予知能力など聞いたこともないと言っていたが……オルゲン連合国はキルヴァスの皇姉《こうし》とは別人という姿勢を崩《くず》さないだろう。ワルキューレたちもオルゲンの軍人として登録されているようで、手を出すのは難しそうだ」

「下手に扱《あつか》えば国際問題ですわね……」

「他にも気がかりがある。バアルに軍事同盟を持ちかけたのだが、かわされた」

ひとまず寝台《しんだい》に腰《こし》かけたアイリーンの眉根《まゆね》がよる。

「断られたのでも、検討すると言われたのでもなくですか？」

「そうだ。そういう話はあとにしろ、と。あいつが珍しい。他にも、二大陸会議中の屋敷《やしき》の警護やら情報共有やら協力を持ちかけたんだが……聖なる力は人間にはきかない、結界なら僕の魔力《まりょく》が必要だろうと思って。だが、そちらも断られた」

今までのバアル――アシュメイル王国との関係からすると、意外な返答だ。

「他国に警戒《けいかい》されると言われて引き下がったんだが、まずは自分のことだけ心配していろとも言われた。……今思えば、警告だったのかもしれないな。ハウゼルは聖なる力で守られた場所があちこちにあるから、魔力が働きにくい」

「そういえばエレファスが転移しようとしてもハウゼル付近では必ず阻《はば》まれる、と言っていましたわ。ハウゼル内の転移も距離《きょり》が長いと難しいと……」

「だがバアルは別だ。そういう意味で聖王を味方にしておく意味は大きい」

魔王のクロードがそうなのだ。他国にとっても聖王の価値は高いだろう。

（ロクサネ様も情報源はあかさなかった……何も不自然ではないけれど）

アシュメイルはもう、どこかとつながっているのかもしれない。そして、エルメイアとどちらと手を組むのか迷っているのだろうか。

「女王を投票制で決めることについては合意がとれているが、もともとアシュメイルは魔物とは無関係の——はっきり言えば本来、対立する側の国だ。引く手あまただろう。……僕より愛《あい》想《そ》がよくて友人も多いしな……」

「そ、それは……クロード様のお顔に迫力《はくりょく》がありすぎるだけですわ！」

「慰《なぐさ》めなくていい。自国や妻や娘を大事にする男だ。僕と同じで」

触《ふ》れるか触れないかの距離でクレアの頬《ほお》に指先をかすめ、クロードが振り向いた。心配したほど落ち込んだ様子はない。

「君は正妃と仲がいいだろう。知らせておいたほうがいいと思った」

「まあ。心配無用ですわ。わたくし、いつでもロクサネ様と互《たが》いに殴《なぐ》り合う覚悟《かくご》はできております。相手に不足はありません」

「頼もしい——と言っていいのか？」

思案しながらクロードがアイリーンの横に腰をおろす。

「明日の視察もおまかせくださいませ」

「やりすぎないようにしてほしいんだが。無闇《むやみ》に敵対したいわけではない」

「あら。まさか、クロード様と浅からぬ因縁《いんねん》がおありの女王候補に配慮《はいりょ》でもしろと？　妻であるわたくしにそうおっしゃる？」

口角をあげて微笑すると、アイリーンの髪《かみ》を取ろうとしていたクロードの動きが一瞬《いっしゅん》止まった。だがすぐに髪を取って口づけられる。

「一般的《いっぱん》な話だ」

「一般的。とても魔王の口から出る言葉とは思えませんわね。まさか、妻にはとても説明できないやましいご事情でもおありなのかしら……？　わたくしがクレアと一緒に家出してしまうお話とか？」

娘の存在を匂《にお》わせれば、クロードはろくに反論できまい。勝利を確信して、足を組み、唇《くちびる》の端《はし》を持ち上げて笑う。またとない夫を虐《いじ》める機会だ、逃《のが》す手はない。

だが手強《てごわ》い夫は、切なげに告げた。

「僕を困らせないでくれ。君を監禁《かんきん》したくなってしまう」

「……」

「そうだ、今からでもそうしておけば僕は明日の視察を心配せずに待てる」

「明日も忙《いそが》しいですものね、眠りましょう！」

急いで組んでいた足をほどき、楚々《そそ》として寝台の中央に進む。いかにも残念そうにクロードは嘆息《たんそく》した。

「いい案だと思ったのだが……」

本気で言っているからたちが悪い。とにかく話題を変えるべく、アイリーンは咳払《せきばら》いをする。

「ご安心ください、わたくしは控《ひか》えめにいきますから」

「君が控えめ？」

首をかしげられた。もう一度からんでやろうかと思ったが、落ち着いて言い返す。

「そうお思いなんでしょう、女王候補やワルキューレたちは」

「ああ……そういえばキルヴァスで君は陰の総司令官だったな」

シーツをめくってクロードも寝台に入る。

「まあ、おとなしくしてくれるなら不満はない。僕らには今、クレアもいる。悪目立ちして敵視されるのもさけたい」

クロードが指を鳴らして部屋の明かりを落とした。

「クレアは魔物たちが最優先で守るとは思うが。シリルたちとも情報共有しておいた。相手の出方次第《しだい》とはいえ、打てる手は打っておいてくれる」

大きな枕《まくら》に頭を乗せ仰向《あおむ》きになったクロードに身を寄せる。

「明日は別行動になりますが、情報収集の良い機会です。頑張《がんば》りましょう」

「そうだな。僕も友人を作れるよう頑張りたいと思う」

真顔で答えられ、頬が引きつりそうになった。だが野暮《やぼ》なことは言わない。

（いざとなったら外交はわたくしにまかせていただいて、クレアと一緒《いっしょ》に遊ばせておけばいいかしら）

魔王様を足止めできる娘の存在を心強く思いながら、アイリーンは目を閉じる。律儀《りちぎ》な夫はおやすみのキスを額に落とすのを忘れなかった。

島の間は橋がかかっているところもあるが、移動には船を使うほうが速い。転移装置もどこかにあるらしいが、大半が女王の許しがないと起動すらしない。

そういうことを説明してくれたのは、見るものすべてに「これは何？」と連発するダナに根負けしたオードリーだった。

「すごい、です！　オードリー様、何でもご存じ！」

「常識です。北の大陸ではどうか知りませんが」

不機嫌《ふきげん》な声に軽蔑《けいべつ》じみた音までまじっているが、ダナはまったくめげない。

「ハウゼルと交流、許された、北ではキルヴァスだけです、なのです！」

「……。本来ならば気安く訪問できる立場ではないとおわかりなら結構ですが」

「ハイ、勉強です、折角なので！」

実は会話がかみ合っているとすると、聞いているほうが怖《こわ》い会話だ。愛想笑いを引きつらせながら、ニーナがおずおず口を挟《はさ》む。

「あの、キャロル様は大丈夫《だいじょうぶ》でしょうか。船酔《ふなよ》い……」

今、アイリーンたちは船でハウゼル王宮があった中央の島を目指している。晴天で波も穏《おだ》やかだが、キャロルはめまいがすると奥の船室で休んでいるのだ。ロクサネが付き添《そ》い、甲板《かんぱん》でのお茶会はオードリー、ニーナ、ダナ、アイリーンの四人になった。

「ウチの酔《よ》い止め、渡《わた》しました！　あれ、効きます！」

「どこまで信じていいのだか……そのせいでキャロル様が起き上がってこられないのではないですか」

「かもです。味、すごいので！」

認めるのか。おろおろするニーナと対照的に、オードリーが眦《まなじり》を決した。

「あなたは王女の自覚があるのですか⁉　キャロル様はお優《やさ》しいから受け取っておられましたけれども……！　何かあれば自国の責任になるのですよ！」

「でもうち、船酔いする、海、生きられないです。男でも、女でも」

不思議そうに見返すダナの瞳《ひとみ》の色が深い。

「酔い止め、貴重です。親切。海、落としません」

「キャロル様を海に落とす気だったと⁉　これだから前時代的な野蛮《やばん》人は！」

「グ、グロス諸島共和国は漁業が盛んですから……！　船酔いする人間は、漁師になれないんです。すなわち一人前になれないという話で、ダナ様は決してキャロル王妃《おうひ》を海に落とすなんて考えているわけでは……！」

「文化の違《ちが》いですわね」

アイリーンのまとめに、ニーナが急いで首肯《しゅこう》する。そう、とダナが胸を張った。

「マイズ、陸ばっかり、聞いてます。文化の違い！」

オードリーから冷ややかな目を向けられた。

「便利な言葉ですね、文化の違い。ならアイリーン様もお飲みになったらどうですか、酔い止め。先ほどからずっと黙《だま》って、船酔いなのでは？」

「……ち、違います。今からハウゼルだと思うと緊張《きんちょう》してしまって」

「ハウゼル女王国を斃《たお》した国の皇后の、あなたが？」

オードリーからの核心《かくしん》的な問いかけに、全員の目が鋭《するど》くなった。アイリーンの一挙一動も逃すまいとする視線だ。だからこそ、はにかんでみせる。

「何も危険はないとはわかっています。だってわたくしのことは何があっても夫が守ってくれますから」

「ワタシ、昨日、確認《かくにん》済みです。すごい美形！　顔が魔王《まおう》様！」

褒《ほ》めているのか微妙《びみょう》なダナと、どっちつかずな困惑《こんわく》顔のニーナと、はっきり不愉快《ふゆかい》そうな顔をしているオードリーに向けて、きらきら目を輝《かがや》かせた。

「自慢《じまん》の夫です。でもやっぱり、宣戦布告のときの混乱を思い出すと、どうしても怖くなってしまって……あのときはお菓子《かし》も喉《のど》を通りませんでしたから」

「そうでしょうねえ。私も空に浮《う》かぶ城からの砲撃《ほうげき》の映像を見たときは、震《ふる》えが止まりませんでしたよ。もうそんなに先のない人生で、あんな光景を見るなんてねえ」

ロクサネに付き添われて甲板に姿を現したキャロルに、オードリーが腰《こし》をあげて席を譲《ゆず》る。

オードリーの命令で、オルゲンの使用人が手際《てぎわ》よくテーブルに椅子《いす》を追加した。

「キャロル様、具合はよくなったのですか？」

「薬のおかげですっかり平気ですよ。いくら医師の心得がある宮女がついていらっしゃるとはいえ、ロクサネ様に看病させるわけにはいきませんしねえ。ごめんなさいね、年寄りの話につきあわせて。歴史書を作っていると聞いたので、ついつい昔話を聞いてほしくってね」

「いえ、実際に経験した方からのお話はとても参考になりました」

ロクサネはいたわるようにキャロルの横に座った。アイリーンの視線に気づいているだろうに、見向きもしない。出会った頃《ころ》を思い出す距離《きょり》感《かん》だ。

「そろそろ中央島に到着《とうちゃく》するようですよ。さすが、オルゲンの最新鋭《さいしんえい》の船は速いこと」

キャロルの言うとおり、小指の爪《つめ》ほどの大きさだった島は目前に迫《せま》っていた。皆《みな》の視線が自然とそちらへ向いた。湾口《わんこう》の港に入るため、船は島の外側を大きく迂回《うかい》する。

「王宮……ほんとにない、ですね」

小さなダナの感想を、オードリーは聞き漏《も》らさなかった。

「エルメイアとアシュメイルによって空中宮殿《きゅうでん》は墜《お》とされましたから。改めてご感想はいかがですか、ロクサネ様」

「わたくしは夫から話に聞いただけですので、何も」

「……。あなたといいアイリーン様といい、現状を作った国の妃《きさき》として無責任な回答ばかりなさる。皆さん、提案があります」

ぐるりとオードリーが全員を見回した。

「皆さんは各国の代表として視察にこられた。ですが、ここはハウゼル。不用意な行動が何を引き起こすかわかりません。ので、我が国の指示に従って頂きます」

「わたくしたちに、オルゲン王国の許可なく動くなと命令するのですか？」

ロクサネが端的《たんてき》に確認する。だがオードリーは微笑《ほほえ》み返した。

「皆様《みなさま》の安全を守りたい親切心からくる提案です。逆におうかがいしますが、アシュメイルには他国に黙って調査したいところがおありですか？」

「そういう意味ではないですが」

ロクサネが押し黙った。どうも、女王候補に関して情報を持っているオードリーとロクサネの関係は希薄《きはく》そうだ。だが、オードリーはキャロルに敬意を払《はら》っている。

（女王候補の話は、オードリー様、キャロル様、ロクサネ様の順で伝わったのね、きっと）

オードリーが静かになった周囲をぐるりと見回した。

「既《すで》に我が国のワルキューレたちも入島しております」

「初耳です」

「初めて言いましたから」

意外と反射よく言い返したニーナだが、動じないオードリーに口をつぐんでしまう。

「ハウゼルに人智《じんち》の及《およ》ばぬ仕掛《しか》けがあることは皆様ご承知のはずですね。我が国に滞在《たいざい》中の女王候補ならば、その仕掛けを動かせます」

さすがにアイリーンもぎょっとした。同時に察する。

（それね、オルゲン連合国がカトレア様たちの後ろ盾《だて》になった本当の理由は……！）

予知能力に半信半疑でも、ハウゼルの転送装置を動かせるならば、女王候補と担《かつ》ぎあげる十分な理由になる。

のんびりキャロルが答えた。

「そのお話も初耳ですねえ」

「私もここにきて初めて知ったことです。ですが、抜《ぬ》け駆《が》けなどと言われる筋合いはありません。ハウゼルの調査ならば、エルメイアとアシュメイルが先に手をつけていました。何も発見できなかったのは、女王候補という存在の差でしょう」

沈黙《ちんもく》する周囲に余裕《よゆう》を見せつけるように、オードリーがゆっくり最後の紅茶を飲み干した。

「ワルキューレの護衛も受けられます。我が国の案内を受けたほうが効率的かと」

息を吸ったアイリーンは、ほっと息を吐《は》き出して微笑んだ。

「まあ、助かります……！　わたくし、視察と言われても正直何をすればいいかわからなくて困ってたんです。お茶会を開くとか、ダンスなら得意なんですけど」

怪訝《けげん》な視線を各方面から向けられた。ロクサネは衝撃《しょうげき》を受けたのか固まっている。

「なんにもない場所なのでしょう？　クロード様には何もないから見るだけでいいと言われていたんですけれど……つまらないだろうなと思っていたんです」

困惑に近い視線に、侮蔑《ぶべつ》がまざってきているのを感じる。これはこれで快感だ。ロクサネに至っては息をしているのか心配になるくらい、身じろぎもまばたきもしていない。そっと頬《ほお》に両手を当てて恥《は》ずかしがる仕草をした。

「あっいけませんね、わたくしったら。観光ではないと皆に散々注意されたんですけれど、つい」

「さっきまで、緊張、違いました？」

「皆さんにおまかせすればいいと思ったら、気が抜けてしまって」

妙《みょう》に鋭いダナの指摘《してき》もかわし、アイリーンはオードリーに微笑みかける。

「よろしくお願いします、オードリー様。わたくし、これでクロード様にきちんとご報告できそうです」

「私もお願いしますよ、オードリー様。長時間徒歩での移動もつらい年齢《ねんれい》ですから」

変わらず穏《おだ》やかな口調でキャロルも賛成する。控《ひか》えめにニーナも手を挙げた。

「でしたら、私も……視察は何度か予定されてますけれど、最初は全体像を把握《はあく》したほうがいいと思いますし」

「ワタシ、仲間外れ、嫌《いや》です！　ハイ！」

「ロクサネ様はどうされますか？」

アイリーンがにっこり笑いかけると、ロクサネがはっとまばたきした。

「あ、いえ。わたくし、は……」

「ご一緒《いっしょ》しませんか。でないとわたくし、またロクサネ様とくらべられてしまいますわ」

ねっと両手を頬にそえて、小首を傾《かし》げる。その仕草がとどめだったようだ。恐怖《きょうふ》に引きつった顔で、ロクサネがぎこちなく首を縦に動かした。

しかしまだこんなものは序の口だ。

（ハウゼルの施設《しせつ》を動かせる。やっぱりディアナ様だけじゃなく、カトレア様も……）

下船の準備でいったん解散し、アイリーンは荷物を持ったレイチェルに小さな船室で化粧直《けしょうなお》しをしてもらう。オルゲン王国が視察のために出してくれた船は、小回りがきくよう中規模だが、最新鋭なだけあってきちんと個室があるのだ。

「件《くだん》の女王候補とワルキューレたちがもう島にいるみたい」

思考の整理を兼《か》ねて、新しい紅を引いたばかりの口を動かす。

「出入りを見張っているハウゼルの巫女《みこ》が本物かもあやしくなってきたわ。ハウゼルの施設を動かせるなら、文句は出ないでしょうけれど」

「ハウゼルの施設……アイリーン様がおっしゃっていた海底施設ですね。どこかに出入り口があるんでしょうか」

「ひとつひとつ確かめていくわ。気を引き締《し》めていくわよ、レイチェル。皇后にふさわしくない姫様《ひめさま》に苦労する侍女役《じじょ》をよろしく」

「おまかせください。持っていく鞄《かばん》の中身はピクニック用のお菓子《かし》とシートです」

さすがアイリーンが一番信頼《しんらい》する侍女は、抜かりない。

パラソルをくるくると回しながら舷梯《タラップ》をおりると、アイリーンが最後だった。皆、少人数ながら護衛や侍女をつれ、ひとかたまりになって待っている。周囲を警護しているのはワルキューレだ。

となればもちろん、彼女たちもいるだろう。

「お待たせしましたわ！　皆さんにお菓子を用意していたことを思い出して……あら」

ピクニック気分で浮《う》かれていて気づくのが遅《おく》れたように、途中《とちゅう》で足を止めた。

すっと前に進み出たのは、女王候補だ。

「女王候補のカトレアでございます」

顔を隠《かく》したまま、カトレアが頭をさげる。ええと、と大袈裟《おおげさ》に戸惑《とまど》った。

「あなたは……キルヴァス皇帝《こうてい》の」

「初めてお目にかかります」

どう答えればいいかわからない困惑《こんわく》の表情を作る。案の定、カトレアの隣《となり》にいるディアナが鼻を鳴らした。

「状況《じょうきょう》がわかってないの？　相変わらず馬鹿《ばか》なのね」

「ディアナ、エルメイア皇后に失礼だ。申し訳ありません、アイリーン様。彼女はワルキューレたちを率いるリーダーです。私の護衛でもあります。どうぞよしなに」

ここは念のための一押しだ。

「ですが、ディアナ様は、キルヴァスの……」

「オルゲン連合国の軍人です、アイリーン様。変な言いがかりはおやめください」

冷ややかにオードリーが制してきた。アイリーン様、とたしなめるように呼んだのはレイチェルだ。唇《くちびる》をとがらせ、ふてくされたように目を背《そむ》ける。

呆《あき》れ返った周囲の眼差《まなざ》しが、なかなか心地《ここち》良い。ロクサネは遠い目をしている。気をつけるべきはロクサネの横で目をぱちぱちさせているサーラだ。乗船時はすれ違《ちが》うだけですんだが、あちらもアイリーンの性格をよく知っている。ロクサネの宮女扱《あつか》いなので直接話す機会はそうないだろうが、無邪気《むじゃき》な分、空気が読めないので何を言い出すかわからない。

（しかもサーラ様は神の娘《むすめ》で、ハウゼル由縁の存在だもの。アシュメイルとしては視察に同行させたいでしょうね……）

この国で魔力《まりょく》は役に立たなくなるが、聖なる力は別だ。少なくとも『聖と魔と乙女《おとめ》のレガリア』の設定ではそうだ。特に神の娘は封印解除《ふういんかいじょ》や神剣《しんけん》も癒《い》やす治癒《ちゆ》能力がある。『魔槍《まそう》のワルキューレ』に出てくるハウゼル関連の施設やアイテムを修復できる可能性は高い。

ゆっくり周囲を見回し、先ほどより大きな声でカトレアが言った。

「全員そろいましたね。では、今から皆様を宮殿跡《きゅうでんあと》までご案内いたします。大型の馬車を用意しましたので、どうぞ」

「あら、助かるわねえ。まだ走れる道が残っているなんて」

キャロルに話しかけられたカトレアは、口元だけで笑い返した。

「なくなったのは宮殿だけなので。とはいえ、地盤《じばん》は不安定になってますし、整備されていたわけではありません。今回、視察用に突貫《とっかん》工事をした箇所《かしょ》もあります。皆様の安全を守るためにも、こちらの指示に従っていただきます。よろしいですね？」

全員が頷《うなず》き返した。

ディアナの指示で、順番に天井《てんじょう》に天幕が張られた箱馬車に乗りこむ。

だがなぜかアイリーンには、ロクサネたちとは別の馬車に乗るよう指示された。天幕すらない、使用人たちが使う粗末《そまつ》な馬車だ。同じなのはワルキューレたちが護衛についていることだけである。

顔をしかめたレイチェルより先に、アイリーンは自らワルキューレに詰《つ》め寄る。

「どういうことなんですの。なぜわたくしだけ、こんなみすぼらしい馬車に？」

「危険だからです。ハウゼルを斃《たお》したエルメイアの皇后、どこから誰《だれ》に狙《ねら》われるかわかりません。ワルキューレたちでしっかり護衛するよう、カトレア様とディアナ様より命令を受けております」

「そんな……ひどいです、皆様《みなさま》と同じじゃないなんて。しかもこんな馬車に……」

「こっちの指示に従う、って頷いたよね」

騒《さわ》ぎを聞きつけて、遠くからディアナが乱雑に声を投げてきた。他国の妃《きさき》や王女と挨拶《あいさつ》をしていたカトレアも声をかける。

「安全はお約束します。それとも、エルメイアに帰られますか？」

「アイリーン様、ここは言うとおりに」

レイチェルがたしなめてくる。不満をあらわにしたまま、アイリーンは踵《きびす》を返した。

馬車に乗りこんで横に座ったレイチェルが、そっとささやいた。

「落ち着いてください、アイリーン様」

優秀《ゆうしゅう》な侍女は、細かい部分に手を抜《ぬ》かない。ワルキューレたちの目まで意識している。

「落ち着いているわ」

つんとした態度でそっぽを向く。これで余計なことを話さずにすむ。

しかし、いい口実をくれた。最初から露骨《ろこつ》に仲間外れだ。ワルキューレの態度は、アイリーンを警戒《けいかい》しているからではないだろう。

（こうも露骨だと、クロード様のほうもあやしそうね……）

ワルキューレに敵視される心当たりがありすぎて困る。

（さて、何をしかけてくる気かしら）

かつてキルヴァスで、ディアナはゲームのネタバレについて口を滑《すべ》らせた。まだ魔物化《まもの》したことがないヴィーカを、ラスボスの『赤い目の魔物』と呼んだのだ。そのときから薄々勘付《うすうすかんづ》いていたが、良い機会だ。ここで確信を得ておきたい。

ディアナとカトレアには、前世の――ゲームの知識があるのか。

あるとすれば、『魔槍のワルキューレ』だけなのかどうか。

自分たちのことは決して悟《さと》らせないまま、暴《あば》くのだ。

「……あとでみてらっしゃい」

本音と演技をまぜた言葉をわざとつぶやく。

がたがたと大きくゆれる馬車の向かう先には、もう何もない。だがかつて空に浮かんだ宮殿に対峙《たいじ》したときのように、アイリーンは口端を持ち上げた。

会議の開始時間を知らせる柱時計の鐘《かね》が鳴る。だが、改装したばかりだという広々とした会議室には秒針の音が静かに響《ひび》くばかりだった。

「……誰もこないな？」

クロードの問いかけに、円卓《えんたく》の最奥に座る従兄弟《いとこ》が殊勝《しゅしょう》に相づちを打った。

「きませんね」

「皆《みな》、寝坊《ねぼう》でもしたのだろうか」

「迷子かもしれません」

「落ち着いているな、ヴィーカ。君が主催《しゅさい》なのに」

ははは、とヴィーカがのんびり笑い返した。

「昨夜《ゆうべ》、もう何が起こってもおかしくないと覚悟《かくご》しておきましたので。エルンストは怒《おこ》ってるでしょうが」

「ヴィーカ！　クロード様！」

自国の皇帝への敬称《けいしょう》も忘れて会議室に飛び込んできたのは、エルンストだ。出ていったときは怒《いか》りで真っ赤だったが、今は真っ青である。

「大変だ、他《ほか》の方々は時間や場所を間違《まちが》えたのでもなく、何かあったのでもなく――」

「だろうね」

「何を呑気《のんき》な！　ここではない別室で会議が行われてるんだぞ、オルゲン、マイズ、ヒリッカ、グロス――アシュメイルまで参加して、次代の女王について！　この意味がわかるか!?」

「いじめだろう」

「どうしてそうお気楽なのか！」

クロードの結論に、エルンストが拳《こぶし》で円卓を殴《なぐ》った。まあまあ、とエルンストに声をかけてきたのは、騒動《そうどう》を聞きつけてきたキースだ。

「魔王《まおう》はよくいじめられるものですから。お茶、淹れましょうか」

「そうかもしれないが！　そうかもしれないが……国を背負ってるのに……！」

「ヴィーカ、エルメイアの焼き菓子《がし》だ。食べてみるといい。食べるとお前もいじめられるかもしれないが」

「大丈夫《だいじょうぶ》ですよ、クロード兄様となら。しかし傀儡《かいらい》は経験しましたが、いじめはまた一味違いますね」

「ほう、どう違う」

「傀儡だと会議には全員出席しますし、私におべっかは使います。ただ一切《いっさい》話を聞かないだけで、完全無視は経験したことがありませんね。あ、これおいしいですね」

「ノリが……軽っ……！」

円卓に突《つ》っ伏《ぷ》したエルンストを気の毒に思ったのか、キースがお茶を差し入れている。

「すみません、ヴィーカ様が我が主《あるじ》から悪影響《あくえいきょう》を受けて……」

「失礼だなキース。――で、あちらの言い分は？」

まさかこっちはこっちで楽しくやっています、と見せつけるだけではあるまい。

はっとエルンストが背筋を伸《の》ばして報告した。

「……カトレアを次のハウゼル女王にする方向であちらはまとまっているそうです。こちらも合意するなら、二回目からの大陸会議は予定どおりに行うと。そうでない場合は、投票制にて最後の会議に決めるという話でした」

投票制は今日の会議で提案する予定だった。クロードは小さく笑った。

「バアルは相変わらず立ち回りがうまいな。どちらにも転べるよう動かしている」

「では、アシュメイルはまだ味方ですか」

「期待はしないほうがいい。お互《たが》い、国を背負っている」

クロードの薄笑《うすわら》いに、エルンストが表情を引き締《し》めた。

「我が国の初めての大きな外交が、こんなことになるとは……」

「客観視できるいい機会だ。ワルキューレという軍事力を失ったキルヴァスなど怖《こわ》くない。いくらヴィーカが制御《せいぎょ》できるとはいえ、キルヴァスの魔物が飛べないことをワルキューレたちは知っているはずだ」

南西側の国は危機感を抱《いだ》かないし、北東側の国は守ってやると言えばいい。

「うちも同じだ。聖王が味方につけば魔物は怖くない」

「うーん、なんだか結構、詰んでませんか私たち」

「もともと魔王が国を牛耳《ぎゅうじ》って人間の世界にまざってることからして詰んでいる」

ははは、とヴィーカと笑い合っているとまたエルンストが頭を抱《かか》えてしまった。さすがにキースににらまれる。

「クロード様。おたわむれもほどほどに。ヴィーカ様も、エルンスト様が心労で倒《たお》れます」

「大丈夫だ、エルンスト。なんとかなるさ」

「適当に言ってるだろう！　お前はそういう奴《やつ》だ、俺はよくわかってる……！」

「でも、ディアナは私と離《り》婚《こん》してないしね」

訝《いぶか》しげに顔をあげたエルンストに、ヴィーカが優《やさ》しく微《ほほ》笑《え》む。

「だから姉様はお前になんとかしてもらいたいんだよ、エルンスト」

「俺が？　カトレアをどうしろと……あちらはキルヴァスの皇姉《こうし》であることすら否定しているんだぞ」

「できないならクロード兄様にまかせ」

「エルンスト、頑張《がんば》るんだ。僕は全力で応援《おうえん》している」

さりげなく面倒《めんどう》を押しつけてくるから、可愛《かわい》い従兄弟は油断ならない。

「さて我が主、今後の方針は？　でないと護衛たちが暇《ひま》そうです」

「女王候補については保留だが、投票制には合意すると返せ。おそらく呑《の》むだろう。今の状態をそのまま票数に表せば、五対二で向こうが勝つんだからな」

「承知いたしました。いいんですね？　投票制で」

「いずれにせよ目下の大きな問題はただひとつ。視察に行っている僕の妻だ」

ヴィーカがあっと小さく声をあげ、エルンストが表情を引き締める。

「ここまで露骨にやるんだ。視察でもそういう態度に出ているだろう」

キースはさっさと十字を切っていた。諦《あきら》めが早い。

だが、クロードは諦めたくない。

「無事、何も問題を起こさず帰ってきてほしい」

たぶん、無理だろう。

誰《だれ》もそう返さないのは、クロードへの気遣《きづか》いかもしれなかった。


馬車から見える街並みはさびれていた。もともと島の面積の半分を宮殿《きゅうでん》が占《し》めていたので、使える土地が少ない。建物こそあるが、店はあいていない。人の姿も、見つけたと思ったらワルキューレが多い。行商人の姿はちらほらあるが、ワルキューレと、壊《こわ》れかけの建物を補修している職人たちを商売相手にしているようだ。

これではワルキューレたちの島である。

（女王のいない今、中央島を無法者に好き放題させるのも問題だけれど……）

ふと、壊れかけの壁《かべ》が目に入った。だいぶ消えかかっているが、文字が書いてある。

──ハウゼルに、次の女王を。

馬車は大きな城門を通り抜《ぬ》けたところで停《と》まった。ワルキューレが手を貸す様子はない。アイリーンはレイチェルの手を借りて馬車をおりる。

「住民の姿はないようですねえ」

少し先での広場で話しているキャロルの声が聞こえた。

「地盤《じばん》の問題もありますので、避難《ひなん》をよびかけました。一般人《いっぱんじん》はほとんど引き上げているはずです」

「ここに残っていたのは、ハウゼル女王の帰還《きかん》を信じている熱心な者たちでしょう？　よく避難してくれましたね」

「私のことを信じてくださったようです」

「ハウゼルでは、カトレア様を女王にと望む者が大勢いますので」

オードリーの言葉に、ダナが拍手《はくしゅ》する。

「素晴《すば》らしい！　人気、大事！　ですね、ロクサネ様」

「そうですね。まず、ハウゼル国民に受け入れられることが大事だとわたくしも思います」

「あの……皆《みな》さん、アイリーン様が」

気遣わしそうにニーナが声をかける。あっと手を大きく振《ふ》ったのはダナだ。

「こっち、アイリーン様！」

「皆様《みなさま》、ひどいですわ。わたくしひとりだけ、あんな馬車で」

さっと警戒《けいかい》の色を浮《う》かべたのは、ロクサネとニーナとオードリーだ。ダナは困り顔で手をさげる。全員、ここでアイリーンがうるさくわめき始めれば、国際問題になりかねないのがわかっている。ロクサネは別かもしれないが。

カトレアとディアナは仕掛《しか》けた側なのだから平然としていて当然である。動じないキャロルは年の功だろうか。すべての反応を見届けてから、アイリーンはしょんぼり肩《かた》を落とした。

「わたくし、皆さんと一緒《いっしょ》に食べようと、お菓子《かし》を持ってきましたのに……」

ほっと空気が弛緩《しかん》した。お菓子、とダナが聞きつけてはしゃぐ。

「ワタシ、食べる、です!」

「毒見もいない場所で非常識な。ピクニックではないのですよ」

呆《あき》れたようにオードリーが言い捨てる。ロクサネがすっとアイリーンから目をそらした。

「王宮跡《あと》はもっと先ですか。話すにしても、そちらのほうがいいのでは」

「そうですね、色々ご説明したいことも多いので。少しだけ歩きます」

「馬車の中で皆さん、何を話してらしたの?」

無邪気《むじゃき》なふりで直球で切り込むと、聞こえないふりをされたあげく、先に歩き出されてしまった。ただ全員がではない。ダナは困ったように、ニーナは申し訳なげにだ。

(何か吹《ふ》きこんだわね)

この展開は楽しすぎる。

「アイリーン様、お化粧《けしよう》が崩《くず》れます」

すかさずレイチェルに注意された。いけない、うずうずしてしまう。

ふと見ると、皆がアイリーンたちと目を合わせまいとする中、サーラがこっそりこちらを盗《ぬす》み見ていた。にこりと笑いかけると、真っ青になって逃《に》げられた。神の娘《むすめ》が情けない。

分厚い城壁《じようへき》を一枚、二枚と越《こ》えると、いきなり視界が開けた。

あるのは巨大《きよだい》な大穴だ。

オードリーが進み出て、神妙《しんみよう》につぶやく。

「これがハウゼルの王宮跡……」

「あまり縁《ふち》に近づかないでください、崩れやすくなっています」

カトレアが注意したそばから、小さな石が落ちて転がっていったが、底に着いた音が聞こえなかった。底は視認《しにん》はできているが、滑《すべ》り落ちたとき捻挫《ねんざ》ですめば運がいいほうだろう。ところどころ瓦礫《がれき》が突《つ》き出たりもしている。

「城壁の内側はもう、この穴だけで何も残っていないんですか？」

ニーナが周囲の崩れかかった壁や、森を見回して尋《たず》ねる。カトレアが答えた。

「宝物庫や礼拝堂など、宮殿から少し離《はな》れた場所にあった建物はそのまま残っています。ただ崩れかかっている箇所《かしよ》も多いので不用意に近づかないでください。あちらにある薔薇《ばら》園と東屋《あずまや》は手入れをしたので、休憩《きゅうけい》に使っていただけます」

「ハウゼルは本当になくなってしまったのねえ……素敵《すてき》なお城だったのに」

しみじみとキャロルがつぶやいている。ダナが上半身を屈《かが》めて深い穴を覗《のぞ》きこんだ。

「大きなお城だった、わかる、です。女王、どんな方？」

「とても理知的で、公平な御方《おかた》でしたよ。お顔を見ることは叶《かな》いませんでしたが」

「キャロル様はお会いしたことがあるのですか」

ロクサネの問いに、キャロルは穏《おだ》やかに頷《うなず》き返した。

「ええ、もう三十年ほど前ですが、女王になられたときの戴冠式《たいかんしき》に招かれました。お声もおかけいただきましたよ。『あなたの味方にも敵にもなりません』とね。ハウゼルの支援《しえん》、せめて助言を目当てにきた私を見透《みす》かして、たしなめるように」

「三十年前だと今のオルゲン連合国ができる前……南部が一番荒《あ》れていた頃《ころ》ですね」

ロクサネが少し考えながら確認する。

「ええ、中立のうちも無関係でいられない状況《じょうきょう》でした。お言葉をいただいたときは正直、冷たいと思いましたよ。ですが、頼《たよ》れないとわかってようやく覚悟《かくご》ができました。そもそも、中立とはそういうものですからね。なのに、戴冠《たいかん》したばかりの幼い女王から国のあり方を諭《さと》されるなんて……予知をいただく以上の、威厳《いげん》と深い見識に感じ入ったものです」

アイリーンは大きな穴を見下ろす。

ハウゼルの女王アメリアは何百年も世界を欺《あざむ》き続けた、復讐者《ふくしゅう》だ。だが、それだけで何百年も女王として君臨し続けられるはずがない。予知能力があっても、ハウゼルの技術があっても、限界がある。

アメリアは偉大《いだい》な女王だった。眼下の巨大な穴は、女王という柱を失い、世界にあいた穴なのかもしれない。

（……帰ったらグレイス様に、お話ししてあげなきゃ）

妹を愛する義母は喜ぶだろう。きっと義父もだ。

「アイリーン様はどうですか。ご感想は」

すっと横にカトレアが並んだ。感傷に浸《ひた》る時間もないようだ。

「感想、と言われても……大きな穴で、怖《こわ》いです」

「そうですか。……あなたは魔剣《まけん》の乙女《おとめ》と呼ばれていると、先ほどロクサネ様からうかがいました。聞き慣れない言葉だったので、気になって。聞けば聖剣《せいけん》を一時期、あなたが持っていらっしゃったとか？」

「え？　ええ……ドートリシュ公爵《こうしゃく》家でお預かりしたんです。うちは、エルメイア皇族とも縁深いですし、聖剣の乙女の血を引く家系でしたから、クロード様にまかされて」

こちらを凝視《ぎょうし》していたカトレアが、クロードの名前に少しだけ目を細めた。

（あら）

これはひょっとすると、まだひょっとするのか。

「なるほど。どうして魔剣の乙女なんて造語が出てきたのかわかりました。……もうひとつ、いいですか。あなたの侍女《じじょ》のお名前を教えていただけますか？」

「レイチェルです。何か不手際《ふてぎわ》でもありました？」

「いいえ。名簿《めいぼ》にミスがあった気がして。念のため、姓《せい》もよろしいですか」

「レイチェル・ロンバールです」

眉《まゆ》をひそめて、カトレアが考えこむ。

（そこを気にするってことは）

おそらくカトレアは『聖と魔《ま》と乙女のレガリア2』の悪役令嬢《れいじょう》レイチェル・ダニスの顔と名前を知っているのだ。

内心でほくそ笑《え》むだけにして、不思議そうにアイリーンは首をかしげた。

「あの……？」

「いえ、わかりました。こちらの勘違《かんちが》いだったようです。すみません。ですがアイリーン様、ひとことだけ忠告させてください。あなたがキルヴァスでディアナにした仕打ちを、既《すで》に皆様はご存じです」

親切のつもりなのか、耳元で声をひそめてカトレアがささやく。

（馬車で何を吹きこんだかと思ったら、そんなこと）

だが、悪くない手だ。裏で手を回すような人間は、集団から警戒される。

「な、なんのことですか？　わたくしはキルヴァスからすぐ帰ったのに」

「そうでしょうね、あなたの懇意《こんい》にしている記者や臣下が勝手にやったことだとおっしゃるんでしょう。そういうものです。何が真実か、私も追及《ついきゅう》しようとは思いません」

記者や臣下を使ってキルヴァス帝国《ていこく》をひっかき回したのはクロードである。最後に罠《わな》にはめるため、すべてアイリーンの仕業《しわざ》だと情報を流したので、カトレアの勘違いは継続《けいぞく》しているようだ。だがそれにしても、なかなか強い警告だ。

その理由は間近で交差した視線が物語っていた。

「あまりクロード様の妻として恥《は》ずかしい真似《まね》はなさらないでください。見苦しい」

口元が笑っているが、近づいたせいでレースごしに透《す》けて見える瞳《ひとみ》が笑っていない。

「あ、あなたこそやっぱり、キルヴァスのカトレア様じゃないですか。皆様《みなさま》にそうばらしてもいいんですのよ！」

「ほら、そういうところです。オードリー妃《ひ》にまた怒《おこ》られますよ」

アイリーンは脅《おび》えたように顎《あご》を引き、顔を背《そむ》け、駆《か》け出す。アイリーン様、とレイチェルが声をあげた。

「どちらに行かれる気ですか、不用意に動くなと……！」

「ついてこないでちょうだい！」

そう言ってついてこないわけがない。アイリーンはエルメイア皇后なのだ。

まっすぐ向かうのは、穴をおりるための階段――ではない。城壁が残っているように、一部の区画は残っている。そう、カトレアが説明してくれた。

(確かこっち!)

アイリーンが目指すのは礼拝堂だ。あえて道は通らず、茂《しげ》みに入る。

「ディアナ、あっちは礼拝堂だ! アイリーン様はまずいかも……!」

長い裾《すそ》と背後を気にしているのか、追ってくるカトレアの足が遅《おそ》い。だが焦《あせ》っているせいで、忠告ははっきりと聞き取れた。舌打ちしたディアナが叫《さけ》ぶ。

「ワルキューレ、止めて! 殴《なぐ》ってもいいから、近づけさせないで!」

殴られてたまるか。だがおかげでわかった。ふたりとも、礼拝堂の仕掛《しか》けを知っている。

聖剣の乙女になる資格がある者が、鍵《かぎ》のかかった礼拝堂に入ろうとすると起動する仕掛けを――『聖と魔と乙女のレガリア4』でヒロインが、宝物庫から女王の私室へ抜《ぬ》け出す選択肢《せんたくし》を選ばなかった場合に起こる警報イベントを、知っているのだ。

「そこまでです、エルメイア皇后! お戻《もど》りを!」

さすがにワルキューレは身体能力が高い。腰《こし》をつかまれて引きずり戻された。

だが、礼拝堂の扉《とびら》に指先がかすめた。十分だ。

空に警報が鳴り響《ひび》いた。どこから鳴っているのかわからない。これぞハウゼルの叡智《えいち》だ。

「あんたほんとっ……これだから考えなしのお姫様《ひめさま》は嫌《いや》なのよ！」

「ディアナ、落ち着いて。すぐ戻ろう。ワルキューレたちにも、対処は教えてある。じっとしていれば何も起こらない」

「でも、城壁《じょうへき》が閉まっちゃったよね。しばらく閉じこめられちゃう」

「三時間もすればあく。いいから、今は」

カトレアがディアナに目配せしたのは、追いついてきたダナを気にしてだ。ダナはワルキューレに捕《つか》まったアイリーンを見て首をかしげる。

「アイリーン様、つかまりました、ですか？　今、音、原因です？」

「ダナ様、戻りましょう。説明しますから。ちょっとした事故です」

「あ……あの……わ、わたくし……何かしてしまいました……？」

おそるおそる声をあげたアイリーンに、冷たい眼差《まなざ》しをディアナが向ける。足を踏《ふ》み出したディアナの肩《かた》をカトレアがつかみ、首を横に振《ふ》った。

そしてアイリーンに向けて優《やさ》しく微笑《ほほえ》む。

「アイリーン様、私たちと一緒《いっしょ》におとなしく戻ってくださいますね？」

「で、でも、何か、危険なことを起こしてしまったのでは……」

「先ほどの忠告を忘れましたか？　あなたはただ運と、血筋がいいだけ。これ以上見苦しい真似はおやめください。——悪意はないと、私にはわかっていますから」

優しい言葉だが、声には侮蔑《ぶべつ》がまざっている。瞳の奥に仄暗《ほのぐら》く灯《とも》る感情も、隠《かく》し切れていない。案外、直情的な性格なのか。

それとも、アイリーンの夫が罪深すぎるだけか。

(面白《おもしろ》くなってきたわ)

うつむいて笑いをこらえるアイリーンを、ダナだけが不思議そうに見つめていた。

予定よりかなり遅く戻ってきた視察の船を、桟橋《さんばし》で各国の人間が待ち構えていた。

「クロード様！」

船からおりるなり小走りで胸に飛びこんできたアイリーンに、クロードが固まる。

「怖かった……皆《みな》さん、わたくしが悪いって責めるんです……！」

「……。やっぱり君が何かしたんだな……」

遠い目になっているクロードの胸で、アイリーンは首を横に振る。

「わたくしは何もしてません。礼拝堂で休もうとしただけです、本当です」

「いきなり飛び出して、礼拝堂の仕掛けを動かし警報を鳴らしてしまわれたんですよ。王宮跡《あと》から出られなくなって、戻るのが遅くなってしまったんです。なんて軽はずみな」

「オードリー様、どうかそこまでに。きちんとアイリーン様を護衛できなかった私の手落ちです。ワルキューレにも、もっと厳しく言うべきでした」

　にらむオードリーのうしろから、カトレアが静かに歩いてきた。ディアナが眉をひそめる。

「こっちの忠告も聞かず勝手に動かれたのに、なんでこっちの手落ちになるのよ。誰《だれ》からどう見たって責任はその女にあるでしょ」

「申し訳ありませんでした、クロード様。他国の皆様にも私から説明しますので」

　アイリーンの勝手な行動は全員が目撃《もくげき》しているが、カトレアはあえて自らの責任として謝罪することで、器《うつわ》の大きさを示そうとしているのだ。ディアナは不満そうだが、皇姉《こうし》だったカトレアはそういう立ち回りが苦ではないのだろう。

「すまない、面倒《めんどう》をかけてしまった。僕も妻によく言ってきかせるから」

「クロード様までわたくしが悪いとおっしゃるの!?　ひどい……！」

　両手で顔を覆《おお》う嘘泣《うそな》きを始めたアイリーンに、ニーナやダナやキャロルが顔を見合わせている。オードリーは毛虫でもみるような眼差しだ。ロクサネはなぜか海に沈《しず》んでいく太陽のほうを見つめていた。まぶしいだろうに。

　長い長い息を吐《は》き出したのは、クロードだった。

「――とにかく、皆が無事で何よりだった。すまないが、謝罪はまたのちほど」

「我が国には結構。もう騒《さわ》ぎはごめんです」

　素っ気なく切り捨てたオードリーが、迎《むか》えにきている使用人に振り返る。

「国王陛下はどちらに？」

「無事だとのお話でしたので、お屋敷《やしき》でお待ちです。今夜の夜会も中止だと」

「そうなるでしょうね。では屋敷に戻ります。皆様も、当家の馬車でお屋敷までお送りしましょう。このようなトラブルが起こった以上、最後まで送り届けなければ恥《はじ》の上塗《うわぬ》りです。優しい旦那《だんな》様がお出迎《でむか》えのエルメイアには必要ないでしょうが」

ひややかなオードリーに、クロードが頷《うなず》き返す。

「確かに妻は無事、帰していただいた」

嫌みを受け流すクロードにオードリーは目尻《めじり》を吊《つ》り上げたが、ここで他国の皇帝《こうてい》に突《つ》っかかるような愚《おろ》かな妃《きさき》ではない。

「では皆様、どうぞ」

オルゲン連合国の国章を掲《かか》げる四頭引きの馬車は、二台用意されていた。各国の妃が乗りこんでいく。誰もアイリーンに声をかけない。

ほくそ笑《え》んだアイリーンは、申し訳なげに声をあげた。

「皆様、わたくしは――」

「いい加減にするんだ、アイリーン」

肩を強く抱《だ》いたクロードにたしなめられ、喉《のど》が鳴った。魔王《まおう》の瞳が夕日に照らされて、赤く光っている。

「おとなしく僕と帰ってほしい。でないと君をもう外に出せなくなる」

もう少し印象づけておきたかったが、夫の目が本気だ。しかたなくアイリーンは口をつぐみ、周囲がエルメイアの人間たちだけになってから、不満を口にした。

「ここでクロード様と不仲になってしまいたかったのに……」

「なぜ。なんのために。そもそも、君は何をした？」

「あら、お聞きになったとおりですわ。わたくしは愚かにもカトレア様やワルキューレたちの言いつけを破り、ハウゼル宮殿《きゅうでん》の跡地《あとち》に残っていた礼拝堂の警報装置を起動させ、皆様を宮殿跡に閉じこめるトラブルを起こしてしまったのです。だって皆様、わたくしのこと仲間外れにしていじめるんですもの！」

笑顔で語るアイリーンに、クロードが片手で顔を覆った。

「そうだろう……とは思っていたが……」

「いじめられてこんなにうきうきしてる方、私め初めて見ますねぇ」

遠巻きに主《あるじ》たちを見守っていたキースと、ウォルトとカイルが近づいてくる。

「いじめられてるアイリちゃんとか、マジ怖《こわ》い。なんのギャグ？」

「いじめているの間違《まちが》いじゃないのか……？」

「あら、失礼ね。おかげで色々とわかりましたわよ？　まず、ハウゼルの施設《しせつ》はまだ動く。でもワルキューレたちはすべてを把握《はあく》して自由に動かせるわけではない」

もし本当にハウゼルのすべてを把握できているなら、アイリーンが起動した警報装置も解けたはずだ。だが、カトレアたちは解除できなかった。

答えはもうわかっている。礼拝堂の仕掛けは『聖と魔《ま》と乙女《おとめ》のレガリア』側の設定で動くからだ。礼拝堂の仕掛けは、聖剣《せいけん》の乙女になれる資格を持つ者――すなわち、その血筋の女性にしか動かせない。

つまりあの場に警報を止められる人物は、アイリーンしかいなかった。礼拝堂の中にある聖剣を模した装置に触《ふ》れさせれば、封鎖《ふうさ》も解除されたはずだ。だが彼女たちはそうと教えるわけにはいかなかった。だから自然解除を待ったのだ。

カイルが首をかしげた。

「彼女たちはハウゼルの施設を動かせるという触れ込みで各国に取り入ったのでは？」

「動かす方法を知っている、が正解なんだろ。あ、これって使えません？　あっちが主導権にぎってるの、ハウゼルの施設が使えるってのがでかいんでしょ。使えてないじゃないかーって突っ込んでみたら、他《ほか》の国も手のひら返すかも」

「可能性はあるでしょうね。でも、他国でも気づいた方がいらっしゃるかもしれません。あえて反応を待つのはいかがでしょう、クロード様？」

ウォルトが首のうしろをかく。

「気づくかねえ。ワルキューレたちだって、うまく誤魔化《ごまか》すだろうし」

「動く方法を知っているだけでも、十分脅威《きょうい》といえば脅威だからな……」

「ですがあちらも一枚岩ではないなら、そこから仲間割れする可能性もありますわ」

それにアイリーンには切り札がある。

カトレアとディアナ。どちらか、あるいはどちらも『魔槍《まそう》のワルキューレ』だけではなく『聖と魔と乙女のレガリア』のゲームの知識を持っていることが今回の騒動《そうどう》で確定した。

だが相手は、アイリーンも同じだと気づいていない。そういう侮《あなど》りは必ず隙《すき》を生む。

(何よりカトレア様は――)

ちらと見あげると、視線に気づいたクロードがまばたく。

「なんだろうか」

もてる夫を持つ妻の気苦労も知らずお気楽なものだと鼻白む反面、可愛《かわい》らしいといえば可愛らしい。にこりと笑い返す。

「いいえ、なんでも」

「今のは確実に僕を責めている目だろう」

「あら、何かお心当たりが？」

「ない」

そして引き際《ぎわ》をわきまえている。

「とにかくまだ会議も一日目です。焦《あせ》ることはありませんわ。夜会もなくなったなら、屋敷に戻《もど》ってゆっくりいたしましょう」

「なら明日《あした》こそ僕はクレアと浜辺《はまべ》を散歩する」

「わたくしもご一緒《いっしょ》しようかしら」

「最初からそうするつもりだ」

明日はいい休息日になりそうだ。クロードの差し出した手に手を重ねて、アイリーンは微笑《ほほえ》み返す。

実際そうはならないとしても、周囲に余裕《よゆう》をみせるのは皇帝夫婦《ふうふ》の仕事である。


おおむね問題はなかったが、苛《いら》つく一日だった。

「あーほんと、アイリーンとかいうあの女、いちいちむかつくことしかしない」

「ディアナ」

「あ、ごめん。速かった」

長い裳裾《もすそ》のせいでいつもより歩調が遅《おそ》いカトレアを、追い越《こ》してしまっていた。長い廊下《ろうか》で足を止めたディアナに、カトレアが近づいてくる。

動作はいつもよりゆっくりだが、綺麗《きれい》な足運びだ。ディアナはお姫様《ひめさま》だのお妃様だの、男に媚《こ》びへつらって着飾《きかざ》る女たちが嫌《きら》いだ。でもカトレアだと、全然違《ちが》って見える。

女王様にふさわしい、と思える。

「晩餐《ばんさん》会に遅《おく》れるのも問題だ、急ごう」

「……疲《つか》れてない？」

「これが今の私の仕事だから」

そう言い切る姿も、本当だとわかるからかっこよく見える。甘いお菓子《かし》をたべて、贅沢《ぜいたく》なドレスを着て、実にならない会話をしている女たちとは違うのだ。仕事だと言いながら肥えた豚《ぶた》のように富や力を貪《むさぼ》るだけの男たちとも違う。

「ここが正念場だ。オードリー妃《ひ》から礼拝堂での騒動について、改めて全員に説明をしてほしいと言われている」

「あんなの、アイリーンって女が悪いんでしょ。他に説明いる？」

「警報を解除できなかったのに気づかれたんだろう。あと、もうひとつ。私の後継《こうけい》について聞きたいそうだ」

後継。跡取《あとと》りのことだ。ぞわっと肌《はだ》が粟立《あわだ》った。

「ああやだ、すぐそういうこと考える女って。子どもを生んで一人前みたいな。カトレアに夫をあてがって操《あやつ》ろうとか、そういうことでしょ」

「だろうな。しかし、私たちが子どもを産めない体なのは事実だ」

　ワルキューレは、手術を受けた際に子をなす能力を失う。わかりきったことを口にするカトレアに、ディアナは不安になった。

「どうしたの。女王になったら結婚《けっこん》したいとか子どもがほしいとか言い出すの？」

「そうじゃない。私が女王になるなら、次代が必要になる。私たちの国を継《つ》いで守ってくれる女王がいるんだ」

　そんなこと考えたこともなかった。

「そして女王は、聖剣の乙女の血を引いているほうが便利だ。そう思わないか」

「まさかリリア・レインワーズを今更《いまさら》仲間にしろって？　無理だよそんなの、聖剣の乙女の役割も放棄《ほうき》したヒロインなんて使えない」

「違う。アイリーン様は無事出産されたそうだ。魔王の娘《むすめ》がいる。覚えていないか？　魔キューレでも何人かいただろう。女王のかわりにハウゼルを動かそうとして」

　ゲームで起こったことを思い出し、小さくディアナは声をあげた。

「でも、あれは敵で――」

「まだ一歳にもなっていないんだ。今から教育すれば十分、味方にできる」

　ディアナはまばたいたあと、考えてみた。

「……いいかも、うん。すごくいい。子どもの頃《ころ》から私たちがちゃんと育てればいいんだ」

「他にもいい面がある。エルメイアを一から排除《はいじょ》するのもなかなか骨が折れるし危険だ。オルゲン連合国以外、まだ迷っている」

各国ともカトレアに協力する心づもりでいるようだが、迷っている気配は感じる。

「私たちは別に世界征服《せいふく》がしたいわけじゃない。あまり警戒《けいかい》されるのも損だ。懐《ふところ》の深いところも見せておかないと」

「そっか。エルメイアの皇女を次代女王としてカトレアが育てるってなれば、エルメイアがカトレアの下につくってことで、円満解決するのね。そうしたら……」

あの魔王《まおう》様とカトレアはもう一度、やり直せるのではないか。

さすがに無邪気《むじゃき》に口に出せなかったが、女王の責務を背負う友人にとって、とても素晴《すば》らしい希望になる気がした。

(すましててむかつくけど、顔はいいし……あ、顔は一緒か、ヴィーカと)

キルヴァスでは散々邪魔《じゃま》されたが、カトレアを馬鹿《ばか》にするような節はなかった。いい男だとは思わないが、悪くはない気がする。

でも、大丈夫《だいじょうぶ》だろうか。考えたくもないけれど、カトレアが魔王様と本当に夫婦になってしまうとか――馬鹿でからっぽの、男にすがるしかない女たちみたいに。

「きっと私たちなら、立派な次代の女王を育てられると思うんだ」

だがカトレアにそう言われて、不安が吹《ふ》き飛んだ。自分たちならきっとできる。

「わかった。そう考えると、各国の王女とかそういうの、ワルキューレ見習いとしてハウゼルに必ず留学させるって決まり作ってもいいかもね」

「ゆくゆくはな。女王を投票制で選ぶおかげでこちらも戦わずにすんで助かるが、ひっくり返る可能性だってある」

「大丈夫でしょ。今、五対二よ。一国裏切ってもまだ余裕があるし、ハウゼルのことを一番わかってるのは私たちだもの。何より魔王に協力しようなんて思わないよ、普通《ふつう》」

「念のため聖剣《せいけん》の存在もちらつかせておく。そうすればもう、こちらを裏切ろうなんて考えようともしないはずだ」

カトレアは慎重《しんちょう》だ。この間の負けがあるからだろう。神妙《しんみょう》にディアナも頷《うなず》く。

「……そうだね。聖剣のことを知られても、別に困るわけじゃない。リリア・レインワーズだって魔王を斃《たお》せてないんだもの。私たちの敵じゃない。他《ほか》の聖剣の乙女《おとめ》は時代が違うし……」

「そもそも魔《ま》キューーレと乙《おと》レガの聖剣は違う」

そう、聖剣という言葉は重なり合っているが、自分たちが手に入れた聖剣は、聖剣の乙女のものではない。荒廃《こうはい》した世界を救うための鍵《かぎ》だ。

「決まりだな」

ゆっくり歩いているせいか、晩餐会の扉《とびら》はまだ見えない。

「でも、なんでまた晩餐会の出席者が女ばっかりなの？　聖王とか国王とかが直接出てこないの、納得《なっとく》いかない。今日だってカトレアは視察で、会議のほうは男だけでって……」

「女同士のほうが話が弾《はず》むっていう気遣《きづか》いなんだろう。実際、視察も会議も同時に出席するのは無理だ。オルゲン国王の顔も立てないといけない」

「カトレアの言ってることがわかるんならいいんだけどね」

晩餐会に出る各国の女性たちは、生まれたときから身分が高い。すなわち男社会の制度に庇《ひ》護《ご》されてきた身だ。

「なんか、時間の無駄《むだ》な気がする」

「でも、向こうはディアナも招いてるんだ。ワルキューレたちの話が聞きたいんだろう。ダナ王女は好戦的だし、意外と話がわかるかもしれないぞ。ダナ王女と仲がいいニーナ妃《ひ》も夫があだ。戦う女性に憧《あこが》れがあってもおかしくない」

「ああ、あのすごくケチケチうるさい奴《やつ》か。確かに苦労してそう。よくあんなのと結婚してるわ。でもオードリーって王妃《おうひ》はどうなの。私たちに利用されてるだけなのに、えらそうな口ばっかりたたいて……でも、愛人の子ども育てさせられてるんだっけ？」

「キャロル妃もずいぶん苦労されたらしい。噂《うわさ》によると、マイズ王国が中立を保っていられたのはかのご婦人の功績が大きいとか」

「夫に尽《つ》くして年を取っちゃったってわけ。惨《みじ》めな人生」

鼻で笑ってしまう。

「ロクサネ様も後宮で苦労されてるはずだ。しかもアシュメイルは今になって後宮を解体し始めている。維持《いじ》する資金がないんだろう」

「あの聖王、女遊び激しそうだもんね。まあそう思うと可哀想《かわいそう》、かも？」

「女王になるなら、女性の悩《なや》みには寄《そ》り添いたい」

そこはディアナも素直《すなお》に頷く。階段をあがってまがった先で、やっと晩餐会の扉が廊下の最奥に見えてきた。

「わかった。じゃあ私も仕事だと思うことに……あ」

丁度十字路になる廊下の真ん中で立ち止まる。カトレアも足を止めた。

「……ヴィーカ」

「行って、先に」

ヴィーカも気づいて、まっすぐこちらにやってきた。ヴィーカはカトレアの弟だ。カトレアだってヴィーカを憎《にく》く思っているわけではない。余計な心労をかけたくなかった。

「すまない」

小さく詫《わ》びて、カトレアが晩餐《ばんさん》会の扉へ向かう。ヴィーカは視線で追いかけていたが、声をかけたりしなかった。

ただ、ディアナの前で足を止める。

「何か用？」

顎《あご》をあげて尋《たず》ねると、ヴィーカは楽しそうに笑った。人を喰《く》ったような態度が癇《かん》に障《さわ》る。

「女性たちだけの晩餐会があると小耳に挟《はさ》んでね。無礼は承知で、私も少し顔を出してみようかと思ったんだ。二大陸会議の主催者《しゅさいしゃ》だから」

キルヴァスには今、晩餐会に出席させられる身分の高い女性がいないのだ。ディアナは鼻で笑った。

「主催者ってえらそうに。少しは自覚しなさい。どうして会議を主催できたと思う？」

「どういう意味かな」

「私たちが開催できるよう手を回してやったの。オルゲン連合国も、マイズ中立国もそれで参加を決めた。私たちが味方についてくれるならってね」

ヴィーカはきょとんとしている。今の今まで自分の功績だと疑《うたが》っていなかったのだろう。

「少しの間だったけど皇帝《こうてい》らしい顔ができてよかったじゃない。お疲《つか》れ様」

「……ああ、うん。君が開催を手伝ってくれたって主張だよね」

「はあ？」

「だって君はまだキルヴァスの皇妃《こうひ》だ」

思いがけないことを言われ、言葉に詰《つ》まってしまった。

「君は晩餐会に出るの？」

「……しゅ、出席する。招かれてるもの」

お前とは違《ちが》うのだ。そういう意味をこめたのに、ヴィーカはふぅんと相づちを返した。

「ならいいか。わかった、私はもう休むことにするね」

少しは悔《くや》しがればいいのに、傀儡《かいらい》でいることに慣れているのか手応《てごた》えがない。カトレアが甘やかしすぎたのだと内心で舌打ちして、釘《くぎ》を刺《さ》す。

「言っておくけど、カトレアを懐柔《かいじゅう》しようとしても無駄。他の国も同じだから」

「今回のことは、いい勉強になったよ」

負けを認めたような台詞《せりふ》なのに、ヴィーカは笑顔《えがお》だ。負け惜《お》しみにも聞こえない。

「だから君もいい加減、大人になってほしい」

しかも最後によくわからないことを言って、ヴィーカは踵《きびす》を返す。

「お、大人になるのはあんたでしょ……」

ずっとカトレアにかばわれて、帝都から出ることもできなかった無能な皇帝だ。なのに権力に固執《こしゅう》し始めて、いつからかカトレアに刃向《はむ》かうようになってきた。今も皇帝なのは、運が良かっただけだ。ゲームでもなんの功績も出せないまま死ぬラスボスなのだ。

もやもやするのはなぜだろう。わからない。

ぶるぶると頭を振《ふ》り払《はら》い、ヴィーカの背中から視線を引きはがしたディアナは、急ぎ足で晩餐会へと向かう。

大丈夫だ、すべてうまくいっている。

扉を開けばほら、カトレアが堂々と皆《みな》の注目を浴びて、話をしているではないか。相手が各国の主《あるじ》ではなく、その妻なり娘《むすめ》なり格下なのが気に入らないけれど。

「それも予知、なんです？」

「はい。キルヴァス皇帝ヴィーカを退けるのと同じく、魔王《まおう》に支配されたエルメイアを救うためには、必要なことです。でなければ世界中で戦禍《せんか》が巻きおこるのはさけられません」

おろおろしている者、困った顔をしている者、興味津々《きょうみしんしん》な者。無表情のままの者、全員を見回してカトレアが声を張る。

「ですが正直、アイリーン様に女王養育は不可能です。皆さんもおわかりでしょう」

反論はない。視察での騒動《そうどう》がいい方向に働いている。

「ですので、クレア・ジャンヌ・エルメイア皇女を私たちが養育するのです」

「キルヴァスでは新たに女帝《じょてい》をたてる一方、エルメイアは皇帝はそのままでハウゼル女王国の属国になさるのですか。ハウゼルがエルメイアの傀儡になるよりはマシでしょうが……エルメイアは女子に皇位継承《けいしょう》権はないのでしたか」

「わたくしはアイリーン様が受け入れるとは思えません」

「そうですねえ。自分の娘だもの。まだ可愛《かわい》い盛りでしょうに」

「生んだだけでしょう、自分で面倒《めんどう》みてるわけでもあるまいし。女王になれるなら、喜んで差し出すんじゃない？　王女だの王子だの、国の駒《こま》にするために生むんだし」

ディアナの意見に眉《まゆ》をひそめている者がいるが、どうせふりだ。ただ綺麗《きれい》事と建前が好きなお姫様《ひめさま》たちが、そう認めたくないだけである。

「悪いけど、私ははっきり言っちゃうほうなの。あんたたちのご主人様はどうせ反対しないでしょ。なら、あんたたちが反対する意味ある？」

この女たちは、男の決定に結局従うしかない女たちの集団だ。妃も王女も、そういうものだろう。戦いがあっても怖《こわ》いと奥に逃《に》げていればいい女たちである。

カトレアが咳払《せきばら》いをして、ディアナから皆の注視を取り戻《もど》した。

「彼女の生家であるドートリシュ公爵《こうしやく》家がどう出るかです。今の皇帝に対してもずいぶん影響《えいきよう》力があるようですから。皆さんもご存じでは？」

「少し前、ヒリッカに三男の方がご挨拶《あいさつ》にきてくださいましたけれど……」

「グロスも、お土産《みやげ》たくさん、いただきます、しました！　次男、強かったです！」

「シリル宰相《さいしよう》は長男でしたねえ。ずいぶん小さい頃《ころ》にお会いしましたよ、私も」

「内政、外交、軍事とすべてドートリシュ公爵家が取り仕切っているわけですか」

そうです、とオードリーの確認《かくにん》をカトレアは肯定《こうてい》した。

「魔王もドートリシュ公爵家には強く出られないのでしょう。他《ほか》でもずいぶん、皇后陛下の身内や部下が大きな顔をしているようです。キルヴァスで内乱を煽《あお》るような記事を書き立てたのも、皇后陛下が懇意《こんい》になさっていた方でした。他国でも平気で騒《さわ》ぎを起こすのです。エルメイア国内ではもっとひどいでしょう」

賢《かしこ》い者なら考えればわかるはずだ。自分たちの正しさを。ディアナはそう確信している。

「カトレア様はエルメイア皇后陛下を危険視してらっしゃるのですね」

「はい。彼女が私たちに助けを求めてきたのも、皇后陛下が原因です」

カトレアが視線を投げた先に、皆も目を向ける。だが女は顔をあげず、末端《まったん》の席でじっとうつむき、震《ふる》えている。

とても『聖と魔《ま》と乙女《おとめ》のレガリア』の主人公とは思えない態度だ。だが、ゲームを攻略《こうりゃく》できなかったヒロインなどこんなものだろう。彼女の姿はある意味、ディアナを奮い立たせる。

(私はこうはならない)

自ら戦うことをせず、男キャラに懸想《けそう》して終わった女キャラのなれの果てだ。

故国には期待していない。だからといって、世界もそうだと決めつけるほど自分たちは無慈《む じ》悲《ひ》ではない。ちゃんと真実に目覚めるための機会を与《あた》えている。

「カトレア様の次、女王。時期尚早《じきしょうそう》では、提案、ないです？」

「私は子が産めません。今のうちに解決したほうが、皆さんも安心でしょう。でないと同じ議論がまた数年先に起こります」

「まだ一歳にもならないのに、と私は思いますけれどねえ……。女王がいない今はともかく、次はハウゼルの慣習に従い、女王試験で決めるべきではないですか？」

「クレア皇女を女王候補に登録してしまえば、あとあと問題になりません」

ディアナたちには可能だ。皆が黙《だま》った。

「たったひとりの女王候補として、その子を次代女王として私たちに養育をまかせる。この条件を呑《の》むのであれば、エルメイア皇帝の続投を許してもよいと考えています。彼は即位《そくい》して二年ほどですが、キルヴァス皇帝と違い、決して暗愚《あんぐ》ではありませんでしたから」

「……なるほど。対話での解決をまず目指すとおっしゃるのですね」

「ええ、そうです。二回目の会議で提案し、最後の会議前にあらかじめクレア皇女を引き渡《わた》してもらいましょう。そして私に投票してもらうことで、手打ちにします」

自分たちの未来に理解を示せば、大した争いも起こらず平和に終わる。

もしわからないなら、ゲームどおりリセットすればいい。『聖と魔と乙女のレガリア』もまとめて、ゲームを終わらせるのだ。

# ✦第三幕✦　悪役令嬢はいつだって嫌われ役

指定された会議室の扉《とびら》を開いて、クロードは首をかしげた。

二回目の大陸会議の時間だが、どうせ今日もヴィーカ以外こないだろう。のんびりお菓子《かし》でも食べよう、そういえばおすすめの本があった――などとすっかり年下の従兄弟《いとこ》との談話を楽しむつもりでいたのだ。なのに、肝心《かんじん》の従兄弟がいない。

かわりにいたのは従姉妹《いとこ》だ。ひとりで奥の椅子《いす》に座っていた。ちらと斜《なな》め後ろの従者を見ると、首を小さく横に振られた。時間も場所も間違《まちが》っていない。変更《へんこう》も聞いていない。護衛ふたりも黙って周囲を警戒《けいかい》している。

「クロード様、お久しぶりです」

警戒するクロードに対して、カトレアは柔《やわ》らかい表情と親しげな口調を向けてきた。

「初めまして、ではなくていいのか？」

「まさかキルヴァスの皇姉《こうし》だなどと騒がないでしょう、クロード様は」

被害者《ひがいしゃ》のキルヴァスの言い分が封《ふう》じられ、エルメイアの扱《あつか》いはキルヴァスと同じになっているのが現状だ。

「確かに無駄《むだ》なやりとりだ。ヴィーカはどうした？」

「クロード様とふたりでお話ししたいことがあったので、他の会議室に移ってもらいました。他国の皆様《みなさま》がいらっしゃる場所です。そちらで私が今からクロード様にする話と同じ話を聞いているでしょう」

「ずいぶんな念の入れ方だ。今更《いまさら》、キルヴァスとエルメイアまで分断してなんになる？」

女王を投票制で決める点だけは両陣営《じんえい》とも合意している。キルヴァスとエルメイアが反対しても二票、今の状況《じょうきょう》であればカトレアはハウゼルの女王になる。今もハウゼルに住む民《たみ》から反乱でも起こされない限り、決定は覆《くつがえ》らないだろう。そのハウゼルの住民も、大半がワルキューレたちと入れ替《か》わっている。

「警戒するのは当然です。前回、クロード様にはすべてひっくり返されましたから」

「僕を買いかぶりすぎだな」

魔物《まもの》になり暴走しかかったヴィーカを止めたのはクロードだが、お膳立《ぜんだ》てをすべて整えたのは妻のアイリーンだ。

「ご謙遜《けんそん》を。今回は前回の反省を踏《ふ》まえて、直球で交渉《こうしょう》したいんです」

「聞こう」

「臣下の方もどうぞお入りください」

「いいのか」

「ええ。護衛の方は、名もなき司祭でしょう。どういう経緯《けいい》でクロード様の臣下になったのかは存じませんが、腕《うで》が立つはずです。そんな方々に今、エルメイアのお屋敷《やしき》に戻られては困りますから」

「動くな、ウォルト、カイル」

聡《さと》い護衛たちが動く前に、制止した。出入り口の扉はもう閉められている。部屋にはカトレアひとりだが、外はワルキューレたちがいるだろう。優秀《ゆうしゅう》な護衛と従者なら突破《とっぱ》できるかもしれないが、屋敷を襲撃《しゅうげき》されては元も子もない。屋敷には娘《むすめ》がいるのだ。

「心配しなくても危害を加えるつもりはありませんよ、今はまだ。私も無駄に戦いたくはありませんので」

堂々とクロードたちに対峙《たいじ》するカトレアは、何年も戦場にいたワルキューレだ。仕掛《しか》けもない部屋にひとりでいるのは、戦闘《せんとう》になってもなんとかできる自信があるからだろう。

一刻も早く屋敷に戻《もど》りたいが、ハウゼルで転移は難しい。あちこちに聖なる力の守りが残っていて、思わぬところに飛ばされたりする。下手に動くほうが遠回りになる。

「おや、雨が強くなってきましたよ。アイリーン様、視察に行けるんですかねえ」

緊迫《きんぱく》した空気を、キースがいつもの声で混ぜ返す。カトレアは苦笑《くしょう》した。

「視察は中止でしょうね」

「あなたの予知どおり、というわけですか。いやはや、さすがハウゼルの女王候補」

アイリーンはまだ屋敷にいる。キースは会話の中に潜《ひそ》ませたメッセージに、クロードは視線を流す。キースはいつもの笑顔《えがお》でクロードの背を軽く叩《たた》き、前に出た。

「長いお話になりそうですね。お茶を淹《い》れても？」

「どうぞ、ワゴンはそちらに用意してあります。ポットも、お湯も、茶葉も」

「手際《てぎわ》がよくて有り難《がた》いですね」

「クロード様も座ってください。返事は急ぎません。まずは、私のお話を聞いてくださるだけで結構です。アイリーン様にも今、迎《むか》えがいっているはずです。一応とはいえ夫婦《ふうふ》でご相談も必要かと思ったので」

今のアイリーンは聖剣《せいけん》もないし、そもそも魔力《まりょく》も聖なる力も持っていない。クロードのかけた魔法の影《かげ》があるだけだ。

だが彼女なら、機転を利《き》かせて娘を守るだろう。彼女が選び、鍛《きた》えた屋敷の使用人たちも同じだ。そう信じられる。むしろ機転を斜めに利かせて暴走するので怖《こわ》いくらいだ。

（彼女のことはもう、アイリーンの好きにさせるしかない）

諦《あきら》めの溜《た》め息が出た。

「我が主《あるじ》。突《つ》っ立っているだけでは行儀《ぎょうぎ》が悪いですよ」

キースにうながされ、一度目を伏《ふ》せ、顔をあげた。大股《おおまた》でカトレアの正面の席に近づき、ウォルトが引いた椅子に優雅《ゆうが》に腰《こし》かける。

「では、あなたの話とやらをうかがおう」

護衛を両脇《りょうわき》に従え、脚《あし》を組み、肘掛《ひじか》けに頬杖《ほおづえ》を突いて尋《たず》ねる。カトレアはまぶしそうに目を細め、自分も座り直して背筋を伸《の》ばした。

「そう身構えずとも、エルメイアにとってよいお話ですよ。私はまだクロード様に甘いのかもしれない、と思うくらいです」

「それはありがたいことだ」

「クレア皇女を私たちに引き渡してください」

肘掛けに乗せた指がぴくりとはねた。ともすれば窓硝子《まどガラス》を叩き割りそうな感情の波をやりすごし、クロードは笑みを深める。

「人質《ひとじち》にするのか」

「いいえ、とんでもない。よいお話と言ったでしょう。クレア皇女を、私の次の女王にと考えているんです」

本気で言っているのか、カトレアはクロードの目線にひるまない。

「人質ではない証《あかし》に、女王候補の登録をします。女王のいない女王試験を行うのは不可能ですが、登録だけなら今でもできます。私たちであれば」

ヴェールで笑みを隠《かく》した女の前に、静かにお茶が置かれた。女の吐《は》く息に合わせて、湯気が動く。

「そのかわり、クレア皇女は私たちが養育する。この条件を呑《の》んでくだされば、ハウゼルはエルメイアを敵視しないとお約束しましょう」

国か娘か。手をつけていない紅茶は、目の前でゆらゆらと湯気を立てている。

離乳食《りにゅうしょく》を見事完食した愛娘《まなむすめ》を抱《かか》え直す。口元を拭《ふ》き取り、スプーンや受け皿などを素早《すばや》く片づけるよう指示を出したレイチェルが、感心したように言った。

「乳母《うば》の方もおっしゃっていますが、クレア様は本当に手がかからないですね……赤ん坊《ぼう》を育てたことがない私でもわかります」

「おかげで助かってるわ。気に入らないことがあるとすごいけれど……」

「あれってやっぱり魔力なんでしょうか」

「じゃないかしら。でも普段《ふだん》はまったく魔力がないって話なのよね。目の色も紫《むらさき》っぽいし」

紫──菫色《すみれいろ》の瞳《ひとみ》は聖なる力を持つ証だ。魔力を持つ者は、赤に近い色を持つことが多い。

「もう少し大きくなったらはっきりするってエレファスが言っていたわ。子どものうちに魔力が消えてしまうのも珍《めずら》しくないそうよ」

魔王の娘がただの人間とも考えにくいが、アイリーンはあまり気にしていない。魔力や聖なる力を持っていようがいまいが、エルメイア皇女として立派に育てるというアイリーンの役目は変わらないからだ。

変な心配をするよりも、娘との時間をゆっくり取りたい。船旅の間も昨日も一緒《いっしょ》の時間をすごせているが、アイリーンには皇后の仕事がある。悔《くや》しいが、歴戦の乳母や女官たちにまかせたほうが効率がよかったりもするのだ。今も服に離乳食がこぼれている。先回りしてレイチェルが渡《わた》してくれたエプロンを着ているので着替《きが》える必要はないが、アイリーンがクレアの面倒《めんどう》をみることで周囲に余計な手間をかけさせてしまうことも考えねばならない。

だがおなかいっぱいになって満足げな娘の顔を見ているだけで、笑みがこぼれる。ふくふくでつるつるのほっぺたはどれだけ触《さわ》っていても飽《あ》きない。

「アイリーン様、もうそろそろ視察のお時間です」

「あら、もう？　もう少しなら大丈夫《だいじょうぶ》でしょう」

「同じことをおっしゃったクロード様を仕事に蹴《け》り出しておいて、いかがなものかと存じます」

レイチェルは手厳しい。

「雨も強くなりそうですから、急がれたほうがよろしいです。――予知どおりですね」

窓硝子を、小粒《こつぶ》の雨が叩いていた。

天候が悪いうえ渦潮《うずしお》が発生するから、二回目の視察は取りやめたほうがいい。初日の夜会で使用人たちの噂《うわさ》になっていた、カトレアの予知が当たった。

「渦潮も発生しているんじゃないの？　視察中止の連絡《れんらく》は？」

いかない。

「きておりません」

「なら行くしかないわね。たとえ誰《だれ》もきていなくても」

クロードも誰もいないかもしれない会議に向かったのだ。アイリーンが向かわないわけにはいかない。

クレアの頬《ほお》に口づけを落とし、頬をつつく。

「お父様もお母様もいじめに負けず頑張《がんば》ってくるわね、クレア。今夜もお父様がお風呂《ふろ》に入れてくれ――やめなさい髪《かみ》をつかまない、あなたはどうしてそうなんでも口に入れるの」

「アイリーン様、大変です！」

飛びこんできた女官に、レイチェルが素早く振《ふ》り向いた。

「何事ですか？　クレア様もおられるのですよ、騒々《そうぞう》しい」

「も、申し訳ございません。ですが、いきなりのお客様で私たちもどうすればいいか」

「お客様？　訪問予定はないはずですよね。いったいどなたですか」

「視察に向かう方々、全員です」

各国の王妃《おうひ》や王女たちだ。五カ国そろって押しかけてこられたのだから、女官の慌《あわ》てようも理解できる。

「客間にお通ししようとしたのですが、玄関《げんかん》の広間で待つと断られてしまいました。ただ、すぐどこかに出るおつもりのようです。外で馬車が待っています」

「わざわざ迎えにきてくださったのかしら？　それとも雨で視察中止？」

「いえ。クレア様にお会いしたい、とおっしゃっておられます」

レイチェルが素早くこちらに目をやる。クロードはいない。判断するのはアイリーンだ。

こん、と足元の影を叩く。この影にはクロードの魔法がかかっている。

「アーモンド、聞こえるわね。皆《みな》に伝えなさい。今から何が起こるかわからないけれど、クレアから目を離《はな》さず守り続けなさい。クロード様の号令があるまで、決して人間に手を出しては駄目《だめ》よ。レイチェル、皆も同じよ。わたくしに何があってもクレアを優先なさい」

顔色を変えたレイチェルが口を開きかける。目線で制した。

「これは命令よ」

「──仰《おお》せのままに、我らが皇后陛下」

何もかも呑みこんだ顔で、レイチェルを先頭に皆が一斉《いっせい》に頭をさげた。


視察に向かうつもりで用意をすませていたため、化粧《けしょう》も着替えもしなくていい。懇意《こんい》にしてくれている皆が、娘《むすめ》に会いたいとわざわざ訪ねてきてくれた。そういう解釈《かいしゃく》でアイリーンはクレアを抱《だ》いたまま、大広間に顔を出す。

「皆様、クレアを見にきてくださったんですか？　よかったわねえ、クレア」

にこにこしながら現れたアイリーンに注目が集まった。ロクサネは無表情のまま目礼し、ニーナは少し困ったような愛想笑《あいそ》いで、キャロルは穏《おだ》やかな挨拶《あいさつ》をくれた。ダナはいつものような元気はなく、歯切れの悪い挨拶をしたあとは思案げにしている。オードリーは変わらずきっちりと挨拶を返してきた。

ぎこちない空気にまったく気づかないふりをしていたアイリーンは、途中《とちゅう》でわざとらしく足を止めた。

「……ディアナ様もいらっしゃってるんですね……」

ディアナを怖がるのは不自然ではない。現にディアナはあやしむことなく、いつもどおりの堂々とした足取りで、つかつかと近づいてきた。

「これがあんたの娘？　目の色は……紫」

無遠慮《ぶえんりょ》に娘に近づく手から、アイリーンは咄嗟《とっさ》に身を引く。

ディアナはむっとしたようだった。

「別に取って食ったりしないわよ。聖剣《せいけん》の乙女《おとめ》の血筋かどうか確かめただけ。でも、魔力《まりょく》がないのか……変な感じ。本当に魔王様の子どもなんでしょうね？」

怒《いか》りが強すぎると絶句するらしい。何も言い返せないでいると、鼻白まれた。

「何、その顔。冗談《じょうだん》なんだけど、まさか心当たりでもあるわけ？」

「ディアナ様、長居すると時間がなくなります」

大広間の柱時計を見ながらロクサネがディアナに声をかけた。

「ああそうだった、行くわよ。子どもはもういいから、ついてきて」

返事を待たずディアナは踵《きびす》を返す。オードリーがアイリーンを上から下まで見た。

「支度《したく》はよいですね」

「……はい。ですが、何かあるのですか？」

「赤ちゃん、可愛《かわい》い、です。……あの」

「ダナ様、行きましょう」

「でもニーナ」

「大丈夫ですよ、ダナ様、ニーナ様」

ダナとニーナを制したのはキャロルだ。

「アイリーン様、可愛いお嬢様《じょうさま》ですね。離れがたいのはわかりますけれど、お早くね」

キャロルは返事を待たず、まだ何か言いたげなダナとニーナの背中を押してディアナたちのあとに続く。ロクサネが視界を遮《さえぎ》るようにすっとアイリーンの前に立った。

「アイリーン様を皆で迎《むか》えにいこう、と言い出したのはニーナ様です。オードリー様が馬車を用意してくださいました」

「……わたくしにお気遣《きづか》いくださったのかしら？」

「アイリーン様のやりように気づいておられる方もいらっしゃいます。そろそろ、覚悟《かくご》されたほうがよろしいかと」

他人のことだけで自分のことは一切《いっさい》言い訳しないまま、ロクサネも背を向けた。苦笑いを浮《う》かべて、アイリーンはうしろに控《ひか》えているレイチェルに振り向く。

「あなたはクレアと一緒にいて。——お願い、まかせたわ」

一呼吸置いた声に、レイチェルはぐっと唇《くちびる》を引き結び、頷《うなず》いた。

「ご安心ください。私の夫は、アイリーン様の味方です。必ずなんとかしてくれます」

レイチェルも屋敷《やしき》の人間も信頼《しんらい》できる者たちばかりだ。もちろんレイチェルの夫も。

そうわかっていても、クレアを手放すのに戸惑《とまど》いがあった。

「……クレア」

小さく名前を呼ぶと、クレアがしっかりこちらを見た。丸くて小さくて透明《とうめい》な瞳に吸い込まれるように、顔を近づける。

小さな手が、ぱんと軽く母親の頬を叩《たた》いた。

目を丸くしてアイリーンはクレアを見返す。もう一度、音が楽しいのかばちばち笑顔《えがお》で顔を叩かれた。気合いを入れろ、とでも言いたげだ。

喉《のど》を鳴らしたあとで、アイリーンは無邪気《むじゃき》に笑う娘の瞳《ひとみ》の中で不敵に笑う自分を見る。

「お母様にまかせなさい。——いってくるわ」

額に口づけを落として、颯爽《さっそう》と踵を返す。いってらっしゃいませ、と大広間の全員が頭をさげた。

外に出ると二頭引きの馬車が小雨《こさめ》の中で待っていた。また皆とは別の馬車だ。

「おひとりですか」

誰もつれてこないアイリーンにワルキューレが訝《いぶか》しげに尋《たず》ねる。アイリーンはしとやかに微笑《ほほえ》み返した。

「皆様が守ってくださるのでしょう?」

目をそらして、はあまあ、などと曖昧《あいまい》に返すのは、良心の呵責《かしやく》でもあるのか。

馬車に乗りこむと、改めてひとりを実感する。そういえばなんだかんだ最近、こういう機会がなかった。しかもこんな、敵だらけの中にひとりで乗りこむのは久しぶりだ。

(……あれ以来かしら? セドリック様に婚約破棄《こんやくはき》されたとき)

あのときも不安定な天候で、嫌《いや》な予感がしていた。だが、逃《に》げずに足を運ぶことが自分の役目だから、向かったのだ。

馬車は寄り道せず、舞踏《ぶとう》会が行われた会場に辿《たど》り着いた。

エスコートも何もないが、優雅《ゆうが》に、靴《くつ》先ひとつまで気を張って、馬車からおりる。別の馬車に乗っていた皆は先にいったのか、ワルキューレが廊下《ろうか》の奥を指さした。

「どうぞあちらに。皆様がお待ちです」

「ありがとう。案内していただけるかしら」

ワルキューレが目をぱちぱちさせてから、引き受けてくれた。ここでアイリーンに逃げられるほうが厄介《やっかい》だと判断したのだろう。

不安な顔など見せず、堂々と廊下を進む。舞踏会場とは逆の方向、議事堂側だ。会議室に向かっているのだろうか。階段をあがり、廊下の奥にある両開きの立派な扉《とびら》の前で、ディアナたちが待っていた。

「いい、あんたに直接説明すべきだってうるさいから、わざわざ呼んであげたのよ」

ディアナはこちらを見ず、扉の向こうをにらんだまま言う。

「言っておくけどもう話はついてるから。変に泣き出したりわめくのはやめて」

ディアナに目配せされたワルキューレが、扉を開く。流れるように部屋に入っていったのは、各国の妃《きさき》や王女たちだ。それぞれ静かに、夫や父親に寄り添《そ》う形で移動する。

最後に入室したアイリーンは、そっと顔をあげた。

晩餐《ばんさん》会もできそうな広々とした部屋は、中央に円を描《えが》く形でソファがいくつも並べられていた。最奥にはアシュメイル国王夫妻がおり、キルヴァス皇帝《こうてい》のヴィーカが隣《となり》に座っている。ヴィーカの正面にはオルゲン国王夫妻が一番大きなソファを堂々と陣取《じんど》っていた。その両隣はヒリッカ公国夫妻とグロス首長と王女が、部屋を出入りしやすい一番手前にマイズ国王夫妻が腰《こし》をおろしている。

「ちょうどいいところにおいでくださった」

ヴィーカと何やら話し合っていたらしいオルゲン国王が、芝居《しばい》がかった仕草でこちらを向いた。アイリーンは小首を傾《かし》げた。

「皆様、ごきげんよう。……夫がいないようですが、何かあったのでしょうか」

「いやいや、クロード様は別室で女王候補——カトレア様と話しておられる。安心してくれ」

口の端《は》が持ち上がりそうになるのを押さえて、微笑む。

「まあ……どんなお話でしょうか」

「よいお話だ。エルメイアにとってな。キルヴァスにも、我々からよりよい提案をさせていただいた。若い彼に皇帝は荷が重かろう、とな」

ちらとヴィーカに目を向けると、なんだか疲《つか》れたような曖昧な笑みを返された。あちらもあちらで大変なようだ。

「ところでわたくしたちは、視察に向かう時間ではないですか？」

「……アイリーン様はご存じなかったですか。予知が当たったのですよ。渦潮《うずしお》で、海が渡《わた》れないのです。視察はある意味、予定どおりの中止です」

神経質そうな細い声で答えたのは、ヒリッカ公国の王——ニーナの夫のヒリッカ大公だ。丸眼鏡を押しあげ、雨がやんできた外を見ている。

「本当に当たるとは。どういう仕《し》掛《か》けなのだか」

「予知ってのはすごいですな。どこで魚がよく獲《と》れる、とか教えてもらいたいもんだ」

豪快《ごうかい》に笑っているのはダナの父親であるグロス諸島共和国の首長である。

「アイリーン様、立ち話もなんです。座ってはいかがですかな」

丁寧《ていねい》に椅子《いす》を指し示してくれたのは、キャロルの夫であるマイズ国王だ。アイリーンは首を横に振《ふ》った。

「このままでかまいませんわ。わたくしはなぜここに呼ばれたのでしょうか？」

「余が話そう。アイリーン、落ち着いて聞け。これはただの提案だが――」

「ただの提案？　そういう、まるで選択《せんたく》の余地があるような言い方はどうかと思いますぞ、バアル様。彼女を誤解させては可哀想《かわいそう》です。ここは、カトレア様にまかされた私から説明いたしましょう」

にやにやとバアルを止めにかかったオルゲン国王が、仕切り役のようだ。バアルが遠くで舌打ちした。

「なら好きにすればよい。……余は知らんぞ、どうなっても」

「カトレア様の信任を得られないからと、すねられずとも。さて、アイリーン様。あなたによいお話だ。カトレア様がなんと、クレア皇女を次の女王にするとおっしゃっておられる！　たったひとりの女王候補として登録してくださるそうだ。大変名誉《めいよ》なことだ」

満面の笑みで堂々と言われたことを咀嚼《そしゃく》するのに、少々時間がかかった。だがオルゲン国王はアイリーンに説明する気など端《はな》からないのだろう。返事を待たず、どんどん続ける。

「今、クロード様もカトレア様から同じ説明を受けてらっしゃるところだ。ただ、ここでひとつ問題がある。ハウゼル女王となれば、当然、高い教養が必要だ。だから今から女王となるカトレア様たちワルキューレに、クレア皇女を引き渡していただく。あなたのもとで育つとなると、我々も不安なのでな」

「あなた、あまりに不躾《ぶしつけ》すぎます」

「ふん、どうせ意味などわからんさ。魔王《まおう》が頷けばそれでしまいだ」

「……つまりわたくしの娘《むすめ》を人質《ひとじち》にとると、オルゲン国王はおっしゃっておられる？」

ひとりごとじみたアイリーンの質問に、飲み物に手を出そうとしていたオルゲン国王の手が止まった。他《ほか》の国の要人も、アイリーンに視線を向ける。

真っ先に反応したのは、ディアナだ。

「ひ――っ人質って何よ、人聞きの悪い！　私たちが……カトレアがそんな卑怯《ひきょう》なことするわけないでしょ！　訂正《ていせい》して！」

「まあ……ごめんなさい、そのように聞こえたものですから。確かに、失礼でしたわね。皆様《みなさま》、申し訳ございません」

できるだけ可愛《かわい》らしく謝罪してみせると、バアルがあとずさってヴィーカがうつむいた。

「そんなふうに聞こえるのは、あんたの家がそういうこと平気でする場所だからでしょ。一緒《いっしょ》にしないで」

アイリーンが目を向けると、ディアナは苦虫を噛《か》み潰《つぶ》したような顔になっていた。

「ドートリシュ公爵《こうしゃく》家、色々あくどいことやってるんでしょ」

「そんな、言いがかりです。わたくしもお兄様たちも、国を思い日々クロード様にお仕えしております」

「たとえあんたは何も知らなくても、皇后でいる以上は同罪なの。でも、あんたの娘は別にまだ何もしてないでしょ。だからチャンスをやろうって話よ。わからない？」

両腕《りょううで》を組んで、ディアナが仁王立《におうだ》ちする。

「あんたは娘を私たちにまかせて、皇后をやめなさい」

「クロード様と離婚《りこん》しろとおっしゃるのですか？」

「そうよ。そうしたらエルメイアに攻《せ》めこんだりしない。そういう難しい話。わかる？」

堂々としたディアナにはまったく罪悪感がなさそうだ。いっそすがすがしい。

「まさか、カトレア様はクロード様と結婚《けっこん》するために……!?」

だんだん面白《おもしろ》くなってきて、青ざめてみせる。

「ちょっとやめて！　そういう恋愛《れんあい》脳。違《ちが》うから。あんたたちがひどいことしてるってわかってるんだから、それを止めたいだけ！」

「そうよ、アイリーン様」

だが突然《とつぜん》割って入ってきた声には、さすがに面白さが吹《ふ》き飛んだ。頬《ほお》がこわばる。

慌《あわ》てたのはディアナも同じだ。

「あんた、勝手に動かないでって言ったでしょ、なんで出てくるのよ！」

「ごめんなさい、ディアナ様。でもいてもたってもいられなかったの……だって娘と夫の命がかかってるんだもの」

きらきらした瞳《ひとみ》で訴《うった》える姿は、まるきり乙女《おとめ》ゲームのヒロインだ。もう夫も子どももいるのに、堂々としたものである。逆に尊敬する。いや、そうじゃない。

「あ、なた……なん……どうやって、ここに……！」

「顔色が悪いわね」

アイリーンの動揺《どうよう》に調子を取り戻《もど》したのか、ディアナが笑う。

「私たちワルキューレに助けを求めてきたのよ、聖剣《せいけん》の乙女が。あんたたちが国をねじまげてる、何よりの証拠《しょうこ》でしょ？」

「私はアイリーン様も誰《だれ》も責めるつもりはありません。ただ、シリル宰相《さいしょう》から、セドリックとアリアを解放してほしいだけなの……！」

なるほど、兄の仕業《しわざ》か。混乱で高速回転していた頭の熱が、一気に冷えた。

（待って。今いるってことは、ほとんどわたくしたちと同時期に出港したのよね。つまりクロード様に相談は……）

してないだろう、間違《まちが》いなく。

なんだか虚無《きょむ》になりそうだ。力の抜《ぬ》けたアイリーンの手を、リリアがそっとにぎる。

「アイリーン様。ワルキューレたちは強いわ。──まだ公表してないけど、聖剣も見つけたんですって」

はっとリリアを見返す。リリアは切なげにうつむく素振《そぶ》りで、アイリーンの手の甲《こう》に指先で触《ふ》れた。手早く、文字が書かれる。

「クロード様だって、あなたと離婚したがってる。原因に心当たりはあるでしょう?」

──行け、埠頭《ふとう》。

「あなたの負けよ。せめて、自分から認めて」

それでもこの女に、この顔で言われるのは腹が立つ。

「アイリーン!」

らしくもなく、息を切らして今度はクロードが部屋に飛びこんできた。あとはわかっているだろうとばかりにリリアは手を離《はな》す。

アイリーンは深呼吸した。クロードがくるということは、まだカトレアは油断している。リリアはあちら側に何も教えていない。ならまずはここを切り抜けるのだ。クロードが止められないような方法で──そうだ、さっきディアナからちょうどいい口実をもらっていた。

「無事か。何もしてないな。まだ何も聞いていないないな?」

「クロード様……」

切なげなアイリーンの眼差《まなざ》しに、何やら察したクロードが近づいてくる。

「いや待て、アイリーン。早まらないでくれ。クレアは大事な娘だ、僕は――」

「もういいんです！　もうわかりました……十分です。……っどうせクロード様もお疑いなんでしょう、クレアはクロード様の子ではないって！」

適当にでっち上げた理由に、部屋にいた全員に電撃《でんげき》に似た衝撃《しょうげき》が走った。似たようなことを言ったくせに、ディアナまで固まっている。煽《あお》ったリリアは噴《ふ》き出すのをこらえていたが、感謝する気にはとてもなれない。

可哀想に、クロードに至っては完全に表情をなくしていた。だが今までカトレアに何を吹きこまれていたのかを考えれば、手加減は必要ないだろう。

せっかくだ。一度は言ってみたかった台詞《せりふ》を使ってみよう。

「わたくし、実家に帰らせていただきます！」

涙《なみだ》ながらに駆《か》け出したアイリーンを追ってくる者は、誰もいなかった。突然の展開にあっけにとられているのだろう。一番厄介《やっかい》なクロードは、目から光が消えて放心している。

今のうちだ。

「……アイリーン様？」

だが部屋を飛び出したところで、クロードのあとを追ってきたのだろうカトレアに見つかってしまった。アイリーンの顔を見るなり、カトレアは呆《あき》れたように嘆息《たんそく》した。

「まさか飛び出してきたのですか？　クロード様が説明に向かったでしょう。決して悪い話ではなかったはずです。いったいどれだけクロード様に恥《はじ》をかかせれば——待ちなさい」

今は相手にしている場合ではないと走り出そうとしたら、腕《うで》をつかまれた。

もともとカトレアのほうが背が高いうえに、今はヒールの低い靴《くつ》を履《は》いている。冷ややかな目で上から見下ろされた。

「そう反抗的《はんこう》だと、私も手加減ができません。——私は意外と嫉妬深《しっとぶか》い女なんですよ」

「上等よ」

答えが返ってくると思っていなかったのか、カトレアの手の力がゆるんだ。ぴしゃりと手を振《ふ》り払《はら》い、走り出す。カトレアが追いかけてくる気配はない。

覚えた道順どおりに廊下《ろうか》を戻り、外へ出る。待ち構えていたように手を振っているのは、合羽《カッパ》に長靴《ながぐつ》を履いた少年だった。

「——アイリーン様、ほんとにきた！　こっちこっち！」

背が伸《の》びてきた少年が示すまま、荷馬車に乗りこむ。雨の中飛び出した皇后を追うべきか否《いな》か戸惑《とまど》っているワルキューレたちを尻目《しりめ》に、馬車が走り出した。

雨はまだ降っている。屋根のない馬車に乗ったままでは、いずれずぶ濡《ぬ》れになるだろう。御者台《ぎょしゃだい》から合羽が投げ渡《わた》された。急いで袖《そで》を通し、ゆれのひどい馬車で舌を噛まないよう気をつけながら、御者台に向けて叫《さけ》ぶ。

「埠頭に向かって、ワルキューレにはわからないように！　できる!?」

「まかせてください、準備は万全《ばんぜん》で待ち構えてました！」

「できればあなたたちには商売に専念させておきたかったわ。ドニもまだ仕事中でしょう？」

「え、アイザックさんはエルメイアにいるときからトラブル前提で準備してましたけど」

一瞬《いっしゅん》むっとしたが、逆に肩《かた》の力が抜けた。兄の仕込みもあるだろうが、この手際《てぎわ》のよさはあらかじめ準備されていたからできるものだ。

少し遠回りし、今度は屋根のついた馬車に乗り換《か》えるところで、ドニとは別れた。ドニはハウゼルの工事現場に入っているらしい。どこかは「内緒《ないしょ》です！」で流された。ちなみにリュックとクォーツは派遣《はけん》医師団として潜《もぐ》り込んでいるらしい。どこかは内緒だそうだ。ジャスパーも情報収集しているに違いない。

（……確かにわたくし、アイザックにハウゼルでの商売を模索《もさく》する許可は出したけれど）

アイリーンはアイザックにオベロン商会をまかせ、経営からは退《ひ》いているが、もう少し相談があってもよさそうなものだ。これでは、シリルに勝手にことを進められ置いてけぼりのクロードを笑えない。

馬車は埠頭のはずれの、大きな倉庫の横についた。雨足は弱くなっていたが、船が出せないため人気はない。合羽を羽織ったまま倉庫の陰《かげ》に静かに停車した馬車からおりると、倉庫の扉《とびら》があいた。中から手招きされる。

「アイザック」

「こっちだ」

無駄口《むだぐち》は叩《たた》かず、倉庫に入るなり扉を閉められた。中には積み上げられた荷が壁《かべ》代わりになっている。オベロン商会が使っている倉庫だろう。

洋燈《ランプ》を持っているアイザックについていく。途中《とちゅう》でタオルを投げ渡され、フード部分だけ合羽を外し、顔を拭《ふ》いた。アイザックは無言で、迷路《めいろ》のようになっている積み荷の間を進む。

何かあるのだとわかっていたから、アイリーンも無言で続いた。

やがて倉庫の奥、広くなったスペースに辿《たど》り着いたアイリーンは、荷を椅子《いす》代わりにして座っている人物に目を見開く。

リリアは状況《じょうきょう》によっては乗りこんでくると想像していたが、彼はさすがに想定外だ。いや、だからこそリリアは動いたのか。

「セドリック様……」

エルメイア皇国で軟禁《なんきん》生活を送っているはずの、クロードの異母弟《いぼてい》が顔をあげた。

「いきなりお前の兄貴から送りつけられたんだよ、追加の武器だってな」

「武器って……リリア様はわかるわ。聖剣《せいけん》の乙女《おとめ》として名前も顔もわれているでしょうし、ワルキューレに利用される前に潜り込ませるほうが最適でしょう。けれど……どうしてセドリック様まで」

ゲームでヒーローの立ち位置にいるが、何もできない王子様だ。現実でも、皇太子の地位はあくまで内部分裂《ぶんれつ》をふせぐため、他国向けの虚飾《きょしょく》でしかない。

「俺がお前の兄に持ちかけたんだ。俺たちを切り札に使えと」

セドリックの吐《は》き出した息に合わせて、木箱の上に置かれた蠟燭《ろうそく》の火がゆれる。

「兄上たちが出港してすぐ、ワルキューレたちからリリアに接触《せっしょく》があった。宰相《さいしょう》にばれてリリアだけワルキューレに助けを求めて逃《に》げた、という話になってる」

「アリア様は？」

「信頼《しんらい》できるところに預けてある。ワルキューレたちはエルメイア国内を捜《さが》すだろうから、いっそハウゼルにいたほうが安全だと、お前の兄に言われたんだ。臨機応変に動くこともできるしな」

潜《ひそ》められた声は淡々《たんたん》としているのに、肌《はだ》がひりつくような痛みがあった。

「今が俺の使いどころだ。リリアとアリアには苦労をかけるが、こうでもしないと兄上は一生、俺を使わない。何年でも、俺をあの檻《おり》の中で守ろうとするだろう。俺を皇城に置いていった罪《つみ》滅《ほろ》ぼしにな」

薄暗《うすぐら》い倉庫の中では、セドリックの表情がよく見えない。

「だがあいにく俺は、兄上を一生許す気はないんだ。お前が俺を、一生許さないように」

両手を組んだセドリックが、皮肉っぽくアイリーンを見あげた。

「俺はまた魔王《まおう》の犠牲者《ぎせいしゃ》になる。いい気味だ。それ以上の理由と説明がいるか？」

「……リリア様の了解《りょうかい》はとってるの。何より、本当に責任を負うのはあなたじゃなく、娘《むすめ》のアリア様でしょう」

「俺の妻と娘を、お前に慮《おもんぱか》ってもらう理由もない」

突《つ》き放す矜持《きょうじ》の高さに、少しだけ気圧《けお》された。

「でも、クロード様が許すかどうか――」

「兄上は許す。俺に甘いからな。昔からそうだ」

足を乱雑に組んで、なぜか勝ち誇《ほこ》ったように笑われた。

「せいぜい、兄上が俺の言いなりにならないよう、監視《かんし》するんだな」

かちんときたアイリーンは頬《ほお》を引きつらせ、顎《あご》をつんと持ち上げる。

「言われなくても。たくらみが失敗してワルキューレに首をはねられたら、その首をさらして高笑いして差し上げますわ」

「俺より先に首をはねられるのはお前だ。相変わらず、周囲から嫌《きら》われまくってるらしいじゃないか。今もどうせ行き先がないんだろう」

「あなたに言われたくありませんけれどもね!?」

「ならお前に頼《たよ》れる相手がいるとでも？」

「いますわよ」

胸を張ってアイリーンは応じる。

悔《くや》しいが、セドリックのおかげで勝てる材料はそろった。あとはどう料理するかだけだ。

「今夜は夫のもとには戻《もど》りませんから」

「それでなんで余のところにくるのだ、お前は――――！」

「いっそ聖王様とできているなんて噂《うわさ》のひとつでも立ててやろうかと思いましたの」

色とりどりの綺麗《きれい》な布やクッションが置かれた上等な長椅子《カウチ》に優雅《ゆうが》に寝《ね》そべり、アイリーンは唇《くちびる》をゆがめる。真っ青になったのは部屋の主のバアルだ。

「冗談《じょうだん》ではないぞ！　戦争になったらどうする」

「あら、もう戦争は始まってましてよ？　おわかりのくせに」

低い丸テーブルにある大皿から干し果物を勝手につまみ、ぱくりと食べる。

「まさか、わたくしに喧嘩《けんか》をふっかけてきた自覚がおありでない？」

「――お前が怒《おこ》るのはもっともだ。だがな」

「ちなみにバアル様はわたくしを一度誘拐《ゆうかい》したことがあると、明日には各国に流す用意がございます。皆《みな》さんの反応が楽しみですわね！」

「おま」

「実はずっと浅からぬ関係だったと付け加えて差し上げましょうか。クレアはいったい誰《だれ》の子どもになってしまうのかしら……このままだとエステラ様も」

「わかった、わかった！　とにかく、話は聞いてやる」

足を組んで肘《ひじ》掛《か》けに上半身をかたむけ、アイリーンは大袈裟《おおげさ》に眉尻《まゆじり》をさげた。

「女に言わせるだなんて、バアル様は相変わらずつれない御方《おかた》……」

「やめんか鳥肌《とりはだ》が立つわ！　お前、いい加減にせんとクロードに言いつけるぞ！」

「わたくし、バアル様のおそばにいるだけでいいのに……」

「頼《たの》むから早急にお前がエルメイアに戻れるよう余に手助けさせてほしい、これでよいか！」

最初からそう言えばいいのだ。

「会議はどうなりました？」

「お前のせいでぐだぐだだ。もうわけがわからん。クロードはしばらく放心したあと、娘と遊ぶ時間だとか言って戻った。あれはもう考えることを放棄《ほうき》したな。お前にまかせるつもりなんだろう――なんだ」

呆《あき》れているバアルの顔にクロードへの理解を感じて、アイリーンは少し笑う。

「いいえ。バアル様も気苦労がたえないと思いましたの」

「だったら今すぐ出ていけ」

「ひとつ気苦労をなくして差し上げます。ねえ、ロクサネ様」

さっきからロクサネが静かに入り口にひとり佇《たたず》んでいる。バアルがぎょっとして振《ふ》り向いたあと、ぐしゃぐしゃと髪《かみ》の毛をかきまぜた。

「バアル様。エステラの寝かしつけをお願い致《いた》します」

「……よいのか」

「わたくしの仕事です。お部屋だけお借しいただければ」

寝間着《ねまき》姿でも、ロクサネの所作は隙《すき》なく美しい。正妃《せいひ》に出入り口を指さされた聖王は、腕《うで》を組んでじろりとアイリーンを見つめた。

「クロードに連絡《れんらく》は？」

「お気遣《きづか》いなく。わたくしの部下がうまくやっていますわ」

大きく息を吸って吐き出したあと、バアルは踵《きびす》を返した。

「まかせたぞ」

「あとで仔細《しさい》をご報告いたします」

すれ違《ちが》い様のひとことだけですむのは、信頼の証《あかし》だ。バアルが出ていったあとロクサネは扉を閉める。アイリーンも崩《くず》れた体勢を戻し、膝《ひざ》をそろえて微笑《ほほえ》んだ。

「有り難《がと》うございます。わたくしがきたら屋敷《やしき》に入れるよう使用人に言い含《ふく》めておいてくださったのはロクサネ様でしょう？」

「極力、アイリーン様を敵に回すのはさけたいので。まさか、堂々とバアル様の私室に乗りこむとまでは思いませんでしたが」

冷ややかな眼差《まなざ》しが、彼女が夫を愛している証拠《しょうこ》だ。ついアイリーンは笑ってしまう。

「そこはお詫《わ》びしますわ。ですがロクサネ様を味方につけるには、バアル様を脅《おど》すのが一番だと思いましたの。何よりアシュメイルはエルメイアと同じ立場ですから、早めに策を練っておきたくて」

「我が国は聖王バアル様の結界に守られ、聖竜《せいりゅう》マナ様の水の加護を受ける国です。魔物《まもの》とは無《む》縁《えん》の国ですよ」

「アシュメイル王家は神の娘の血筋。神の娘は聖剣《せいけん》の乙女《おとめ》と同じく、ハウゼルからやってきた乙女でしょう」

立ち上がったアイリーンは、わかっているくせに表情をぴくりとも動かさない友人の鼻先に顔を近づける。

「ロクサネ様は、どうしてあの女王候補がわたくしの娘に目をつけたのか、お気づきですわよね」

「……聖剣の乙女の血筋ですね」

アシュメイル王家は、神の娘の血筋を引いている。そして神の娘はハウゼルから派遣《はけん》されてやってきた女性だ。

となれば、エルメイア皇室と同じく、聖剣の乙女の――ハウゼル女王の血筋を引いている可能性が高い。国の成り立ちが似すぎていて、どちらが本物かもめて国交断絶したほどだ。

もしアシュメイル王家もエルメイアと同じ女王アメリアに連なる血族であれば、聖剣の乙女と同じ血筋になる。聖王の娘エステラは、聖なる力がある分、魔王の娘クレアよりもハウゼル女王にふさわしいだろう。

「ワルキューレたちが気づく前に、手を打ったほうがいいと思いません？　もちろん、わたくしが気づかせて差し上げてもよろしいけれど」

「話がずれております。今回の会議の議題はハウゼル女王を誰にするか、だったはずですよ」

「わたくしはカトレア様を女王にすればどういう影響《えいきょう》がアシュメイルにあるか、という話をしています。ずれておりませんわ」

「カトレア様を女王にする方向で話はまとまりかけています。それを突き崩せるとでも？」

「本気でおっしゃってますの、ロクサネ様。でしたらわたくし、別のお屋敷にご厄介《やっかい》になったほうがよいかしら」

挑発《ちょうはつ》にもロクサネは動じない。冷ややかな眼差しのまま、アイリーンの目の前に指を四本立ててみせる。

「カトレア様を女王にしないために必要なのは、四票。エルメイアとキルヴァスで二票。カトレア様たちに既《すで》に投資しているオルゲン連合国の説得は不可能でしょう。ここでアシュメイルが手を貸さない場合、マイズとグロスの両国を味方につける必要があります。投票は明後日《あさって》の会議です。今から、どこにそんな勝算が？」

「ロクサネ様ったら。わたくし、七国一致《いっち》でカトレア様を蹴落《けお》とすつもりですわよ」

鋭《するど》いロクサネの視線に、アイリーンはひるまず笑う。

「勘違《かんちが》いしないでくださらない？　わたくしは、アシュメイルに対して、ワルキューレと一緒《いっしょ》に沈《しず》みたいか、と尋《たず》ねておりますの」

「――アシュメイルには聖王バアル様がおられます。エルメイア相手に遅《おく》れは取りません」

「あら、風の音かしら。よくお声が聞こえませんでしたわ。そういえば、アシュメイルに水を降らせるのはいったいなんだったかしら……」

わざとらしく指先に毛先を巻きつけながら、考えこむふりをする。

沈黙《ちんもく》が落ちた。風もない、静かな夜だ。とっくに雨はやんでいる。

「……確かに、風が強いようです。わたくしもアイリーン様のお言葉がよく聞き取れませんでした」

「ですわよね」

「部屋を替えましょう。さすがにバアル様のお部屋でいつまでも睨《にら》み合っていては、いらぬ誤解を招きます」

「ええ、わたくしもロクサネ様とは今後も仲良くしたいですもの」

立ち上がったアイリーンに背を向けて、ロクサネが扉《とびら》の取っ手を回す。外にはロクサネの侍《じ》女《じょ》たちが待ち構えていた。アイリーンを歓待《かんたい》するロクサネの指示に、皆が素早《すばや》く散っていく。

先に廊下《ろうか》を進みながら、ロクサネが疲《つか》れたような溜《た》め息を吐《つ》く。

「……クロード様はお優《やさ》しいのでぎりぎり交渉《こうしょう》の余地があるかと思っていたのですが、やはりアイリーン様が出てくると駄目《だめ》ですね。こちらを脅すのに躊躇《ちゅうちょ》がありません」

娘《むすめ》だけならまだしも、やはり聖竜マナの処遇《しょぐう》を持ち出されると痛いようだ。声色《こわいろ》にもいつもの親しみがにじんでいたので、アイリーンも口調を変える。

「クロード様には、聖竜マナはアシュメイルの妃で押し通すおつもりでした？」

「あるいは、聖竜妃《ひ》を廃《はい》しワルキューレたちが掌握《しょうあく》しているハウゼルの技術に頼《たよ》るかですね。バアル様はマナ様を可愛《かわい》がっておられるので消極的でしたが、わたくしはオードリー様とひそかに交渉しておりました。でないとアシュメイルはオルゲンにはつけないと」

「さすがはロクサネ様。オードリー様はなんと？」

「カトレア様によい水源がないか、予知でもお願いしては、と。うまい逃《に》げ方です。伊達《だて》に紛《ふん》争《そう》状態を何年も経験なさっていない」

「カトレア様は予知をしてくださいました？」

「お困りならハウゼルの技術は惜《お》しまないと言われました。他国へも似たような打診《だしん》をし、協力を取り付けているでしょう。――ハウゼルの技術の恩恵《おんけい》は大きい」

足を止めたロクサネが、扉をあける。広い部屋だった。アシュメイル王家の別荘《べっそう》らしく、床《ゆか》には華《はな》やかな絨毯《じゅうたん》がいくつも敷《し》き詰《つ》められており、座椅子《ざいす》や肘掛《ひじか》けが用意されている。

「わたくしの私室です。こちらでおすごしください」

「あら、よろしいの？」

「時間がありません。明日が勝負です。今夜中に話を詰める必要があるでしょう。バアル様はエステラにまかせておけばいいので」

父親に娘をまかせるのではなく、娘に父親をまかせるのか。噴《ふ》き出してしまう。

「エステラ様にはあとでお礼を申し上げないと。何がお好きです？」

「……どうも、魔物が好きなようで」

まばたくと、ロクサネが閉じられたカーテンを少しだけあける。

「きておりますでしょう、ハウゼルに。カラスの魔物たちが」

「ええ……ひょっとしてこちらにも顔を出しているんですか」

「いえ。でも浜辺《はまべ》に出れば、空を飛んでいる姿は見えますから。手を伸《の》ばして呼ぼうとするんです。普段《ふだん》は絵本をじっと見てるような子ですから、動く物を警戒《けいかい》こそすれ興味を持つのは珍《めずら》しくて……そこだけバアル様に似たのかもしれません。聖なる力が強いと、魔物に恐怖《きょうふ》を覚えない分、興味の対象になるのでしょうか……」

「……。うちに息子《むすこ》が生まれたら、お嫁《よめ》にきていただけないかしら」

クレアが生まれたばかりだが、アイリーンはもちろんまだ頑張《がんば》るつもりだ。今後、こういったことがないようアシュメイルと姻戚《いんせき》関係になるのは、政策的にもありである。しかも聖なる力もあって何より魔物が好きだなんて、エルメイアに嫁《とつ》ぐことで輝《かがや》く才能ではないか。

だがロクサネは素っ気ない。

「アシュメイルでは聖なる力があれば、女王にもなれます。もちろん、王配としてエルメイアから婿《むこ》にこられるのであれば前向きに検討させていただきます。クロード様のご子息なら、マナ様にも好かれるでしょう」

つまり、互《たが》いにほしいなとは思っているが、そう簡単にくれてやるわけにはいかない。互いにじっと目線で牽制《けんせい》し合ったあと、噴き出した。

「少し気の早いお話でしたわね」

「そうです。今からエステラの嫁ぎ先なんて話をしたら、バアル様が火を噴きます。本人の気持ちも考慮《こうりょ》しなければならないでしょう。時間をかけて準備し、考えることです。――そのためにも今をなんとかせねば」

異論はまったくなかった。

「七カ国一致、本気ですか」

「ええ。おまかせくださいな」

「では明日、誰《だれ》をお茶会にお招きすれば？」

「オードリー様以外の全員を、おひとりずつ」

にこりと笑うアイリーンに、ロクサネは疑問も挟《はさ》まず静かに首肯《しゅこう》した。


キルヴァス帝国《ていこく》はディアナを新しい女帝《じょてい》として戴《いただ》く。エルメイア皇国はクレア皇女を次期女王候補として差し出す。そうすれば、ハウゼル女王国は魔物《まもの》を抱《かか》える両国を排除《はいじょ》しない。

考える時間は今日一日だけ。明日には結論を出してもらう。

そう突《つ》きつけてしまえば、カトレアたちは待つだけだ。

エルメイアとキルヴァスを除いた王たちとの談話会は、なごやかなものだった。今の季節は何が獲《と》れるだとか、情報交換《こうかん》ですらない世間話だ。ディアナがいたらさぞ苛々《いらいら》しただろうなと思いながら、カトレアは相づちを返し続けていた。

大事なのは、明日の会議を前にカトレアがこの場に招かれたこと。それに尽《つ》きる。

王たちも王たちで、必要もないのに集まり談話することで、カトレアを女王にする最終確認《かくにん》をしているのだ。迂遠《うえん》な意思確認は男女問わず、身分の高い人間がよくやる手法だ。内心はどうであれおろそかにしてはいけないことを、かつて皇姉《こうし》だった自分は覚えている。

キルヴァスでの反省もあった。ディアナはこういうやり取りが苦手だとわかっていたのに、まかせたのはよくなかった。あのときは物怖《ものお》じしないディアナが皇妃《こうひ》として会議に加わることで刺激《しげき》を受けた内部からの変化を期待したのだが、頭の固い連中や世論に反発されるばかりで、国から追放される形になってしまった。相対的に傀儡《かいらい》だったヴィーカが評価されているのが皮肉だ。

ハウゼルの叡智《えいち》とワルキューレたちの軍事力があるとはいえ、変に反発されて、他国に敵視されても面倒《めんどう》だ。カトレアたちはあくまで平和的解決を望んでいる。

ハウゼルを自分たちが掌握し、建て直すためだ。多少の無駄《むだ》にも付き合おう。最後の手段はあくまで最後の手段だ。

「そろそろ時間ですな。カトレア様、明日はいよいよ投票です。何かありますか」

気を遣《つか》ってか、酒の銘柄《めいがら》について話し合っていたオルゲン国王が水を向けてきた。

「いえ。皆様《みなさま》とこうして楽しくお話しできただけで、安心いたしました」

「男だらけのむさ苦しい場所では、気疲《きづか》れされるでしょう。やはり妻をつれてきたほうがよかったですかな」

ディアナが聞いたら怒《おこ》り出しそうな気遣《きづか》いだ。だが、カトレアは微笑《ほほえ》みを作る。顔を半分隠《かく》すヴェールは便利だ。

「妃《きさき》の皆様はただでさえ視察でお疲れでしょう。必要以上にお時間をさいていただくわけには参りません。明日は会議後に夜会も予定されていますし、準備もあるでしょう。皆様も本当はお忙《いそが》しいのではないですか」

「おお、そういえば妻に土産《みやげ》を買って帰らんといかんのです。カトレア様、妻に喜ばれそうなハウゼル土産をご存じないですかな」

「ダナ様にご相談されたほうがいいのでは」

「いやいや、ダナはまだ子どもです。せっかくですからぜひご意見を」

グロス首長は普段から声量が大きいうえに遠慮《えんりょ》がない。苦笑いを浮《う》かべた。

「では、ハウゼルで作られている最高級のドレスなどいかがでしょう。とても華やかな作りですので、女性に喜ばれると思いますよ。靴《くつ》や髪飾《かみかざ》りも一式、そろえて差し上げては？」

「うーむ。実は妻は着飾《きかざ》ることに興味がないのですよ。吉《きち》と出るか凶《きょう》と出るか……」

知ったことではない。うんざりしつつも、にこやかにきっと喜ばれますよと締《し》めくくった。

「カトレア様の本日のご予定は？」

唐突《とうとつ》に尋《たず》ねてきたのは、ヒリッカ公国の大公だ。いつも不機嫌《ふきげん》そうで、せっかちな話し方をする。おっとりしたニーナ王妃《おうひ》はさぞ肩身《かたみ》の狭《せま》い思いをしているだろう。

「エルメイアの屋敷《やしき》に向かい、クレア皇女と面会する予定です。アイリーン様の安否も気になりますので、ついでに」

「クロード様も大変ですな。いや、クレア皇女がカトレア様のお眼鏡にかなって、ほっとしておられるか。うちは娘がおらんので羨《うらや》ましい限りですよ」

皮肉っぽくオルゲン国王が笑っている。カトレアの次に自分の息のかかった女王を送りこむつもりでいたのだろう。お見通しだ。ここは切り捨てておかねばならない。

「これも運命です」

「クロード様は今、どうしておられるのかな」

「アイリーン様のこともありますし、屋敷におられます。ワルキューレを駐在《ちゅうざい》させておりますので、ご心配なく」

「まるで監禁《かんきん》だな」

ひとこと、そうつぶやいたのはアシュメイルの聖王だった。聖王は聖王の自負故《ゆえ》か、あまりこちらに畏怖《いふ》を見せない。だが、聞かないふりくらいはできる。

「私は国境警備について話を詰めたいのだが、ディアナ様はどちらにおられる」

苛立《いらだ》たしげにヒリッカ大公が自分の話を続ける。ああとカトレアは穏《おだ》やかに応じた。

「すみません、ずっと休みなしだったので、今日は休ませてます。大丈夫《だいじょうぶ》です、ワルキューレがキルヴァスに戻《もど》れば山賊《さんぞく》たちもおさまるでしょう」

「……休み、ですか」

「勘違《かんちが》いなさらないでください。いつでもワルキューレは動けますし、ハウゼルの叡智は常に世界中にあります」

何度でも釘《くぎ》を刺《さ》しておいて損はない。そうすれば、こちらのやることに口を出そうと思わなくなる。不満げにヒリッカ大公も口をつぐみ、他《ほか》の要人たちにも緊張感《きんちょうかん》が走る。オルゲン国王が満足げなのは少々癇《かん》に障《さわ》るが、必要経費として割り切る。

「それでは私はお先に失礼します。できればクロード様にも、棄権《きけん》などせず私に一票投じていただきたいので」

「お送りしましょうか」

「結構です。ワルキューレに送ってもらいますので」

しつこく話しかけられる前に、すっと立ち上がる。ずらずらと護衛や侍女《じじょ》をつけねば出歩けないお妃様とは違《ちが》うのだ。もちろん、口には出さないけれど。

不興を買うのが怖《こわ》いのか、扉《とびら》から出ていくカトレアを誰も引き止めなかった。

だが、廊下《ろうか》に出たところで意外な人物に出会う。エルンストだ。

「……ここで何をしてるんです」

「各国の王がお集まりだと聞いた。要は出待ちだ」

出入り口を固めるワルキューレたちを見ると、困ったような視線を返された。まさかずっとここで立っているのか。

「そんなことをしても無駄です。どの国も、もうあなたたちを相手にしませんよ。すぐにキルヴァスの皇帝《こうてい》と宰相《さいしょう》ではなくなるのですから」

カトレアが女王になったのち、ハウゼルのお告げという形でキルヴァス皇帝はヴィーカからディアナに譲位《じょうい》される手はずになっている。既《すで》に他国は同意をしているし、今更《いまさら》ヴィーカやエルンストの話を聞く価値がないのだ。

「あなたとヴィーカが自ら私やディアナの臣下になるなら、取りなしてもいいですが」

「キルヴァスの皇帝はヴィーカだ。君たちには国をまかせられない」

「ヴィーカもあなたも変わりましたね。そうやって権力に固執《こしゅう》するのはどうかと――」

笑ってやろうと目線を向けて、エルンストの眼光の鋭《するど》さに息を呑《の》んだ。戦場で見たことのある目だ。

「俺たちには国を守る責務がある」

敵を見据《みす》えうしろを守るために、一歩も引かない男の瞳《ひとみ》に、ヴェールごしに射貫《いぬ》かれる。

「君たちには無理だ。――クロード様は決して優《やさ》しくないぞ。母親に成り代わって評価を得ようとする今の君を憐《あわ》れみはしても、認めたりしない、絶対にだ」

「なっ……に、を、私は」

余計なことを口走りそうになった唇《くちびる》を慌《あわ》てて嚙《か》み、拳《こぶし》を握《にぎ》る。

エルンストは視線をそらし、廊下の壁《かべ》に背中を預けてまた待ちの態勢に入った。要人たちが集まる扉に目を向けたまま、動かない。カトレアにもう興味はないとでも言いたげだ。

自分たちワルキューレに頼《たよ》りきりだったくせに。ろくに自分で戦う力もないくせに。自分だって優秀《ゆうしゅう》だとわざとらしく見せつけてくる子どもだったくせに。自分を追いかけて壁の内側にきたくせに。

所詮《しょせん》、選択肢《せんたくし》ひとつでディアナに平気で乗り替《か》えるような、その程度の男のくせに。

「……っ」

自分の中から溢《あふ》れそうになった感情が腹立たしくなって、踵《きびす》を返す。まるでエルンストに言い負かされたようだが、違う。無駄な言い争いをさけたのだ。そう言い聞かせる。

(裾《すそ》が邪魔《じゃま》だ)

まとわりつく余計なものが邪魔だ。まだ何も知らなかった頃《ころ》は、弟を守るのだ、国を守るのだ、気高いあのひとのように決して折れないままでと、もっと身軽でいられたのに。

「カトレア様、お出かけですか」

馬車に乗りこもうとする前に、声をかけられた。オードリーだ。オルゲン連合国は会議参加国の中でもエルメイアに張り合う節があり、味方に引き込むにはちょうどいいと判断した。半年ほど世話になっているが、オードリーはとっつきにくい生真面目《きまじめ》な女性で、あまり親しいとは言えない。ディアナなど説教臭《くさ》いと露骨《ろこつ》に嫌《きら》っている。

「どちらに行かれるのです?」

だが、無視するわけにはいかないだろう。

「私に何かご用でしょうか?　オルゲン国王ならまだ中におられます」

先ほどのエルンストの言葉が刺さっていて、逆に尋ね返すことで行き先を誤魔化《ごまか》す。オードリーはひとつ頷《うなず》いて、カトレアが乗ろうとする馬車を見た。

「実は、ロクサネ様が屋敷でお茶会をされているようなのです。視察でご一緒《いっしょ》した方を、ひとりひとり、お招きになっているとか。私が呼ばれていないのが気になりまして」

そんなことか。呆《あき》れたようなほっとしたような気持ちになった。

「たまたまでしょう。お気になさらなくてもいいのでは。どうしても気になるなら、自分から訪問されてみてはいかがでしょう」

「よいのですか」

「いいも悪いもありません。オードリー様は王妃でらっしゃる。それくらい、ご自分でご判断なさればいいではないですか」

お茶会に自分だけ呼ばれなかったなんて子どもではあるまいし、同情を求められても困る。いささか突《つ》き放した言い方をしてしまったが、オードリーはカトレアより年上の女性だ。さすがにあからさまに不愉快《ふゆかい》な顔は見せなかった。

「……では、夫に相談してから向かうとします」

自分では決めないらしい。妃《きさき》らしいといえばそうだが、舌打ちしそうになった。

「カトレア様。ご存じだと思いますが、私には子どもがおりません。産めない体なのだそうです。夫の愛人の子を養子にし、跡取《あとと》りとして育てております」

唐突に自分語りが始まった。そろそろ怪訝《けげん》な表情をヴェールだけでは隠《かく》せなくなりそうだ。

「今でこそ本当の息子《むすこ》だと思っていますし、生母との関係も良好です。ですが、ここまで紆余《うよ》曲折《きょくせつ》ありました。キャロル様……マイズ王妃には、情けない相談ばかりしたものです。なぜ私がこんな目に、何も悪いことはしていないのにと、ひねくれたことも多々思いました。一国の妃がですよ。子どもだったのですね。他人に理解を示しもしないくせに、理解されないと嘆《なげ》いていたのです」

「……何がおっしゃりたいんです」

「大人になるというのは、決して自分の思いどおりにならない他人や世の中との折り合いの付け方を覚えることです」

言い訳だ。妥協《だきょう》だ。ディアナが口にしそうな言葉が、次々と頭に浮《う》かぶ。いつもならまあまあとなだめるのが自分の役目だった。

「すべてを叶《かな》えることなどできません。たとえ、ハウゼル女王でもです」

「――肝《きも》に銘《めい》じておきます」

笑顔《えがお》で返したカトレアに、オードリーは何も言わなかった。

エルンストといい、オードリーといい、なんなのだろう。現状、カトレアたちはうまくやっているはずだ。綺麗《きれい》事をどれだけ並べ立てようが、ハウゼルの海底施設《しせつ》を掌握《しょうあく》しているカトレアたちに刃向《はむ》かえるわけもない。

なのに、なぜ諫《いさ》めるような声をあげるのか。

（ああ、そうか）

馬車に乗りこみ、うつむいて両手を握ったカトレアは、ふと気づいた。

皆《みな》、カトレアたちの要求を呑む。ハウゼルの叡智《えいち》を畏《おそ》れて。

（私たちのことを理解したから、じゃない）

──別に、いいはずだ。ディアナやワルキューレたち、わかってくれる周囲の人間だけで国を作れば、十分だ。そして理解者だけを増やせばいい。

明日、自分はハウゼルの女王になる。望んだ未来の一歩がようやく始まるのだ。どこにも暗雲はない。馬車の行き先も、晴れ渡《わた》っている。


娘《むすめ》を引き渡す。

様子見にやってきた女王候補にそう答えを返すことが、クロードの本日の仕事だった。歯がゆく思っていることを隠そうとしなかった。明日の会議前に引き渡すまでは娘とふたりきりですごしたいという台詞《せりふ》に、真実味が増しただろう。

あとはひたすら報告待ちだ。魔物《まもの》を使えばワルキューレに勘付かれるだろうから、カトレアたちが歯牙《しが》にもかけていない、屋敷《やしき》の使用人たちを頼った。妻に鍛《きた》えられた使用人たちは某《ぼう》商会の人間とも懇意《こんい》だ。さりげなく、クロードは何も動かないでいいことを伝えてくれる。

おそらく、すべてうまくいっている。

だが、広い寝台《しんだい》を見ると溜《た》め息が出てしまう。寝台のシーツをしわひとつなく伸《の》ばしたキースが振《ふ》り向いた。

「昨日から何回溜め息ついてるんですか。ほら、眉間《みけん》のしわが固定されたら、クレア様に嫌《きら》われてしまうかもしれませんよぉ」

「今は見逃《みのが》してほしい……」

「おや、クレア様でも立ち直りませんか」

「今の状況《じょうきょう》のどこに立ち直る要素があるんだ」

じろりとにらんでも、就寝《しゅうしん》の準備をするキースは手も口も止めない。

「クレア皇女もアイリーン様も、すぐお戻《もど》りになりますよ」

「わかっている。クレアもアイリーンも、僕の宝物だ。何に代えても守る。――だが、大事なのはそれだけじゃない」

クロードは寝台から離《はな》れ、赤ん坊《ぼう》が眠《ねむ》るゆりかごへと近づいた。すやすや眠っているこの子は母親に似て度胸があるのだろう。

「……僕はまた、僕の不始末をセドリックに押しつけるんだな」

キースが動きを止めたのが、気配で伝わった。

シリルが示した策は三つあった。他国と仲良く女王を投票で決める。世界征服《せいふく》をする。あるいは、犠牲《ぎせい》も覚悟《かくご》のうえで女王を即位《そくい》させる。

「──そこは罪悪感を持つところではありませんよ。はいこれでよし、と」

ぱんぱんと手を叩《たた》く音につられて、視線をキースに戻す。キースは芝居《しばい》がかった笑顔を作ってみせた。

「さすが僕の弟だ。ありがとう。──そう言うところです」

「……そうだろうか」

「私めは感心しましたよ。見事な国盗《と》りです。さすが、魔王《まおう》の弟」

可愛《かわい》い異母弟《いぼてい》が従者にほめられるのは、なかなか嬉《うれ》しいものだった。そうか、と口の中で噛《か》みしめるように繰《く》り返しながら、もう一度ゆりかごの中を見た。

「……伯父上《おじうえ》は、君も可愛いと思っているんだ」

娘と同じ日に生まれたのも何かの運命だ。娘と同じように幸せになってほしい。

そのためにも、一日二日、我慢《がまん》しよう。いつも反抗《はんこう》的なセドリックがこうして『信頼《しんらい》できるところ』に預けてくれたのだ。

クロードは魔王であり、皇帝《こうてい》であり、夫であり、父であり、兄でもある。

増えた肩《かた》書きの分だけ、信頼には応《こた》えねばならない。

最後の大陸会議前、指定した時間ぴったりに魔王が娘を抱《だ》いて、会議室に現れた。

こちらの指定したとおり、乳母《うば》や使用人といった余計な人間も連れてこず、護衛と従者がいるだけだ。娘に必要だと称《しょう》して、荷物も一切《いっさい》持ってきていない。見たところ、娘も着脱《ちゃくだつ》しやすそうなベビー服を着ているだけである。

こちらも敵意がないことを示すために、少人数だ。カトレアとディアナと、どうしてもと言ってついてきたリリア、見張りのワルキューレの四人である。

「誰《だれ》に渡せば？」

挨拶《あいさつ》もせず、クロードが率直《そっちょく》に尋《たず》ねた。どうも嬉しくはないようだ。娘をとられるのが嫌《いや》だなんて、魔王も人間らしいところがあるのだな、とディアナはひそかに思った。赤ん坊を抱いている姿とゲームの魔王像が一致《いっち》しない。

いずれにせよ、受け取る人物は決まっている。

「カトレア」

「あ、ああ」

ディアナにうながされて、カトレアがぎこちなく進み出た。緊張《きんちょう》しているようだ。魔王から赤ん坊を預かる姿は、まだ赤ん坊の扱《あつか》いに慣れていない若い母親のように見えた。

だがカトレアの腕《うで》におさまった瞬間《しゅんかん》、赤ん坊が大声で泣き出した。部屋の広さのわりに人が少ないからか、やたらと声が反響《はんきょう》する。カトレアが慌《あわ》て出し、ディアナも顔をしかめてしまった。眠っていたように見えたが、起きていたらしい。

「ああそんな抱き方じゃ駄目《だめ》よ、貸してカトレア様」

ひらりと前に出たリリアが、カトレアの横から鮮《あざ》やかに赤ん坊を受け取り、抱《かか》え直した。

「よしよし、どうしたの、眠い？　おなかがすいたかな？」

赤ん坊をあやす慣れた動作が、いかにも母親らしい。確か、魔王の娘と同じ日に生まれた娘がいるのだと聞いた。敗北した聖剣《せいけん》の乙女《おとめ》にとって皮肉な因果だろう。ゲームのリリア・レインワーズには、ハウゼル女王になるエンディングもほのめかされていた。きちんと魔王を斃《たお》し正規ルートにのっていれば、娘が次代ハウゼル女王になる未来もあったはずだ。

だが、あんな簡単なお花畑ゲームで負けるようなヒロインに、同情はしない。

それでも、赤ん坊の泣き声が次第《しだい》に小さくなっていくと、少し見直す気になった。

「私が抱いて運びましょうか。カトレア様たちは今から会議なんでしょ？」

赤ん坊を泣きやませただけでえらそうに提案してくるのは苛立《いらだ》つが、かといって赤ん坊を渡されても困るので文句は返さない。何より、カトレアはほっとしたようだった。

「……そうだな、頼《たの》みます。すぐ登録へ向かってください」

「大丈夫《だいじょうぶ》なのか」

赤ん坊が泣く姿も黙《だま》ってじっと見ていた魔王が、誰にでもなく声をかけた。

「大丈夫ですよ、だって子どもに罪はないでしょ？」

笑って答えたリリアに、ディアナは目を細めた。リリアにとって、政争に敗れた敵の子どもだ。そんなことに今更《いまさら》気づく。まさかここについてきた理由は、魔王の娘に何かよからぬことをするつもりなのではないか。

（そんなことしたら本当に人質《ひとじち》じゃない）

同じことに思い当たったらしいカトレアに、目で合図された。ディアナは頷《うなず》き返す。

「女王候補としてワルキューレたちが護衛につくわ。会議が始まる前に登録もすませるから」

「頼む。クロード様も、よろしいですね」

「……ああ」

歯切れ悪く、魔王は頷いた。

リリアに抱かれ、赤ん坊が出ていく。リリアは外で待っている他《ほか》のワルキューレにすぐ囲まれ、歩いていった。あれでは赤ん坊をどうこうすることはできないだろう。

「では、こちらでクロード様はお待ちください。皆《みな》さんを呼んできます。ディアナ、まかせた」

頷くと、カトレアもすぐ出ていった。あれもこれもとやることが多いが、しかたない。今日が最後の仕上げなのだ。

キルヴァス主導で建て直した新しい会議室は、どこよりも広く、静かだった。いくつもある窓を横切り、クロードは最奥の椅子《いす》に座る。

出入り口の扉《とびら》から一番奥の席は、一番偉《えら》い人間が座る場所ではなかったか。その知識がこの世界のものか前世のものか自信がなかったが、一仕事終わった顔をしている魔王を見ていると、口が動いた。

「何かないの」

「何か、とは？」

「カトレアに」

エルメイアもキルヴァスも潰《つぶ》す道を選ばず、あえて和解に近い形で収束をはかっている。カトレアの苦労や優《やさ》しさを魔王はわかっているはずだ。でないとカトレアが報《むく》われない。

なのに魔王は、少し首を横に傾《かたむ》けて、悪戯《いたずら》っぽく笑った。

「何も」

「……っあんたね、別に今からでも取引をなしにしても――」

「ところで君はなぜここに？　見張りならば必要ない」

「見張りだけじゃない。聞いてないの？　私は、カトレアが女王になったあと、キルヴァスの女帝《じょてい》になる」

「初耳だな。ヴィーカは？　追放するのか」

「そうよ。だってまかせてられない。いつも何を言われてもにこにこへらへらして言い返しもしない、あんな軟弱男《なんじやく》。何考えてるかもわからない――何よ」

まじまじとこちらを見ている魔王をにらみ返す。見覚えのある視線だ。ディアナが何か言ったときに受ける、男の感心したような、不思議そうな眼差《まなざ》し。うんざりする。

「……君は、ヴィーカが怖《こわ》くないのか」

「はあ？　どこが怖いの。ああ、魔王だから？　自己陶酔《とうすい》して孤高《ここう》ぶってるだけでしょ、僕を誰も理解してくれない～って。魔王なんて大体そう」

ぶほっと魔王のうしろで護衛ふたりが噴《ふ》き出した。一瞬《いっしゅん》だけ魔王の目が鋭《するど》くなった気がしたが、すぐに穏《おだ》やかなものに変わる。

「……ヴィーカも物好きだと思っていたが、なるほどな」

ひとりごちた魔王は満足したらしく、それきり話しかけてはこなかった。

沈黙《ちんもく》が苦になる前にカトレアが戻《もど》ってきた。続いて、各国の要人が会議室に入ってくる。

ヴィーカとエルンストも黙って部屋の中に受け入れた。どうせ反対したところで一票。投票に影響《えいきょう》はない。最初から投票させないような工作はこちらの瑕疵《かし》になる。

手続きは公平にやるものだ。だから結果に説得力が出る。

「そういえば聖王、昨日は奥方に娘《むすめ》が世話になったそうですな。今日も嬉しそうにお茶会だと出かけていきましたぞ、あのお転婆《てんば》が」

「東屋《あずまや》でのだろう。だが今日の茶会はオルゲンの奥方主催《しゅさい》だそうだ、うちではない」

「視察が中止になって時間を持て余しているのでしょうな」

「よいではないですか、ヒリッカ大公。外でお茶をしたくなるような陽気だ」

「あまり待たせると文句を言われそうだな」

キルヴァスとエルメイアを除いた王たちがちょっとした雑談をしたものの、着席するなりすぐ静かになった。

七カ国の王がそろって座る様子は、なかなかに壮観《そうかん》だ。取り仕切っているのは自分たちワルキューレだということに、らしくない感慨《かんがい》がこみ上げる。

「投票のための紙とペンはこちらで用意しております。投票箱もこちらに。見てのとおり、中は空です」

机の上で箱の中身を見せる。不正などするわけもないが、必要な手順だ。

「ただ、具体的な投票方法についてはまだ話し合いがされていませんでしたね。何かご意見はありますか」

「○×形式にでもするか？」

どうでもよさそうに聖王が答えた。眉《まゆ》をひそめたのは神経質なヒリッカ大公だ。

「あとで勘違《かんちが》いした、そういう意味ではなかったなどと言い訳できてしまう。棄権《きけん》ができないのも問題だ。ここは女王になるべきと思う者の名前を書く形式はいかがか？」

「綴《つづ》りに自信がないぞ、俺は。耳でしか覚えておらん」

グロス諸島共和国の首長は話す分には流暢《りゅうちょう》でも、書くとなると不安なようだ。マイズ国王が同意した。

「私も綴りは不安ですねえ。女王候補のお名前を書いたメモがあると助かるのですが。書き間《ま》違《ちが》い防止にもなるでしょう」

「綴りはこうですね、カトレア様」

持ち歩いているのか、胸ポケットから小さなメモと万年筆を取り出したヒリッカ大公が何やら文字を書き、カトレアに見せた。カトレアが頷き返す。

「はい。間違いありません」

「では見やすいようもう少し大きくして――マイズ国王、どうぞ。グロス首長も、文字の形は同じはずですから、問題ないかと」

「助かります」

「かたじけない」

ヒリッカ大公自らマイズ国王とグロス首長にメモを渡《わた》すのを待って、オルゲン国王が周囲を見渡した。

「では、女王にふさわしいと思う女王候補の名前を書く。棄権は白紙で。この人数で匿名《とくめい》も何もないですが、名前はなしでよいことに致《いた》しましょう。そして二つ折りにして自分で投票箱に入れる。よろしいですな」

　異議はあがらなかった。

　茶番だなとディアナは内心で呆《あき》れるが、これも必要なことなのだろう。それぞれに、紙とペンが配布される。

　とはいえ七人という少人数で不正も何もない。答えも決まっている。

　そもそも、カトレア以外に書く名前もない。

「ディアナ様、登録がすみました」

　音を立てず入ってきた顔なじみのワルキューレに耳打ちされた。

「間違いない？」

「はい」

「カトレア」

　こちらを一瞥《いちべつ》したカトレアに、親指と人差し指で丸を作って見せる。

　いよいよだ。カトレアが深呼吸した。

「皆様《みなさま》、投票の準備が整ったようです」

　魔王《まおう》がかすかに顔をあげたが、すぐに瞳《ひとみ》を伏《ふ》せた。

「最後に何か、言っておきたいことがある方は？」

　誰《だれ》も何も答えない。では、とカトレアが始まりを告げる。

その声は、昼を告げる鐘楼《しょうろう》の音と重なった。

議事堂のほうから聞こえる鐘《かね》の音に、ロクサネが顔をあげた。

「……そろそろでしょうか、投票は」

「時間どおりなら。あらやだ、とってもおいしいお菓子《かし》ねえ」

きっちり計算して整えられた庭園の東屋は広いわりに外から見えづらい。夜なら密会をするのにもってこいだろう。互《たが》いに焼き菓子などを持ち寄った妃《きさき》たちのお手製茶会にもふさわしい場所だ。開放感のある木陰《こかげ》が、優しい風が、夫には言えない内緒《ないしょ》の話を盛り上げてくれる。

ワルキューレたちも今は会議に忙《いそが》しい。聞き耳すら立てられていないことは、行方《ゆくえ》不明の自分が見咎《みとが》められもせず堂々とお茶を飲めている状況《じょうきょう》が証明している。

「でも驚《おどろ》きました、昨日は。ロクサネ様、お誘《さそ》い」

「……真っ先に彼女に交渉《こうしょう》を持ちかけたのはどういう了見《りょうけん》なのですか。話にならない可能性があったでしょう」

「オードリー様、見くびりです、しました！」

「でも、私も……ダナは既《すで》に了承《りょうしょう》済みだと聞いたときは、少し驚きました。もしよかったら理由を聞かせてもらえませんか？　アイリーン様」

皆《みな》の注視を受けて、アイリーンはカップをソーサーに置く。

そしてゆっくり話し出した。

自分が開票するのはやはり違《ちが》うだろう。

そう思って、皆が投票し終えた箱をディアナに渡し、カトレアはまっすぐ背筋を伸《の》ばして待っていた。

ここからだと思っているが、やっとここまできた、という思いがこみ上げるのは抑《おさ》えられない。これで自分たちは、何をどうしても陰惨《いんさん》なことにしかならない、あのゲームの結末から解放される。

プレイヤーだったときはよかった。救われずとも懸命《けんめい》に誇《ほこ》りを持って生きる主人公ディアナや、弟を守るために悪事に手を染める悪役令嬢《れいじょう》カトレアの救われなさに胸をうたれ、感動し、涙《なみだ》していればよかった。このゲームと出会えない人生に意味はないとすら思った。

だが今は、あれだけ神と崇《あが》めた制作チームを半ば恨《うら》んでいる。

お花畑ゲームと笑った『聖と魔《ま》と乙女《おとめ》のレガリア』のほうに転生したかった、と思ったくらいだ。もちろん、あちらもいいことばかりではないのだろう。聖剣《せいけん》の乙女は魔王に負けているし、なぜか多くの悪役令嬢がのさばっている。

(でも私なら、うまくやれた)

そういう腹立たしさも今日で終わりだ。ハウゼル女王は、『魔槍《まそう》のワルキューレ』でも『聖と魔と乙女のレガリア』でも最高位に位置する存在だ。

ハウゼル女王になれば、世界を牛耳《ぎゅうじ》ったも同然だ。どちらのゲームの知識もある自分ならうまくやれる。リリア・レインワーズのように落ちぶれたりしない。アメリア・ダルクのように魔王に負けたりもしない。

アイリーン・ローレン・ドートリシュのように追い落とされたりもしない――

「ちょっと、どういうことよ！」

甲高《かんだか》いディアナの声に、カトレアは意識を引き戻《もど》された。

あけられた投票箱、そこから出された折り目のある七枚の投票用紙たち。そこには自分の名前が書かれている――はずだった。ディアナが叫《さけ》ぶ。

「誰なの、アリアって。アリア・ジャンヌ・エルメイアって……！」

咄嗟《とっさ》にクロードを見る。でもクロードはもう、カトレアを見ていなかった。

「ダナ様には気づかれていると思っていましたから。わたくしがわざと、礼拝堂の仕掛《しか》けを動かしたことを」

「はい、まっすぐ向かってます、でした！　まるでわかってた、です！」

「そして警報の騒《さわ》ぎで皆さん、気づいたでしょう。カトレア様たちワルキューレは、かつてのハウゼル女王のように本当にハウゼルを掌握《しょうあく》しているわけではない、と」

「そうですねえ。危険はないとはいえ、警報を鳴り止《や》ませることもしませんでしたから。ですが、決定打にはなりませんよ？」

キャロルは穏《おだ》やかだが、ためすように笑う。中立を維持《いじ》するご婦人は油断ならない。アイリーンも負けじと笑い返した。

「わかっています。ですが、ハウゼルを動かすには、聖剣の乙女の血が必要なのだと推測は立てられたはずです。となると、あなた方にとっての最悪は、カトレア様――ワルキューレたちがエルメイアを取りこんでしまうことです」

誰も答えないが、沈黙《ちんもく》がアイリーンを肯定《こうてい》していた。

「どの国もハウゼルの叡智《えいち》を掌握したい思いはあれど、一方で大きな危険を感じていたはずです。でなければ、そもそもハウゼルの女王を決める会議の招集に応じなかったでしょう。会議の開催《かいさい》など待たず、ハウゼルの領地を占領《せんりょう》してしまえばよろしかったのですから」

その機会は今回の会議まで、いくらでもあった。

「ハウゼルのあやしい動きを放置はできない。難民もなくしたい。かといってハウゼルがあの力を持って復活しても今更《いまさら》困る。ただ、もし女王を決めるならば、少しでもいいから利益のある人物を、せめて不利益にならない女王にしたい。皆様そういうお気持ちだったはずです。最初にワルキューレと手を組んだオルゲン国王はどうだったかわかりませんが」

ちらと見ると、オードリーはすました顔でお茶をすすっていた。

「皆様はカトレア様とワルキューレたちを観察されていました。本当にカトレア様を女王にしていいか。自国に害はないか。彼女たちは確かにうまく話を進めました、ハウゼルの叡智を盾《たて》に。――でも詰《つ》めが甘いんですのよ」

些細《ささい》なことばかりだ。きっと、彼女たちは気づきもしないようなもの。

ふふっと無邪気《むじゃき》にダナが笑った。

「うち、よく馬鹿《ばか》にされる、です。アイリーン様、言葉、勉強する、わかりました。でもあっちはそんなこと、ない。侮《あなど》り、わかる、です。ドレスに興味ないお母様に、贈《おく》り物。少しも、知ろう、しません。興味もない。グロス諸島共和国に」

たとえば、異文化に対する敬意だとか。

「ファーストダンスの邪魔《じゃま》をされては気分よくはいられませんからねえ……古い価値観だ無駄《むだ》なしきたりだと若い方にはうっとうしいかもしれませんが、伝統や過去を学ばない者は、同じあやまちを繰《く》り返すものですから」

古い慣習への無理解だとか。

「もっと簡単な話ではないですか。彼女たちはわたくしたち妃や王女といった違う立場の女性を、男の言いなりになるだけのお飾《かざ》りと侮っていました。今も、わたくしたちが何をしているか気にしもしない」

役割に対する侮りだとか。

「私は新興国の王妃《おうひ》です。伝統もない弱小国と侮るのは結構。だからこそ助けてやろうと上から手を差し伸べる輩《やから》の扱《あつか》いに、細心の注意を払《はら》います」

交渉の姿勢だとか。

「何より、アイリーン様を取るに足らないと断じる観察眼のなさは信じがたいことです」

「有り難《がと》うございます、オードリー様」

「ほめてはおりませんが？　これだからエルメイアは油断ならない」

目尻《めじり》をあげるオードリーには、家庭教師めいた厳しい雰囲気《ふんいき》がある。だがオードリーが夫を説得してくれなくては、七カ国一致《いっち》はあり得なかった。

「ニーナは？　なんで、決めた、です？」

「……結婚《けっこん》式でキルヴァスにお邪魔したとき、ディアナ皇妃《こうひ》に国境の防衛についてお話ししたいとお茶会に誘ったんです。彼女はこなかった。あとでヴィーカ様から夫と私宛《あ》てに丁寧《ていねい》なお手紙がきました。国内が混乱している最中なのに応急措置《そち》しかできないことを、話し合いに出られなかったことを、わざわざお詫《わ》びしてくださったんです。そんなヴィーカ様よりも、ディアナ様が女帝《じょてい》にふさわしいなんて」

そっとカップをソーサーに置いて、ニーナが柔《やわ》らかく微笑《ほほえ》む。

「それがすべての答えではありませんか」

いつもふわふわしたニーナが薄《うす》く笑《え》むと迫力《はくりょく》がある。もしまた侮られる必要があったらぜひ参考にしたい振《ふ》る舞《ま》いだった。

「──説明を、お願いできますか」

震《ふる》えないように気をつけていたが、やはり語尾《ごび》がゆらいだ。

説明、とわざとらしく首をかしげたのはマイズ国王だ。

「女王候補の名前を書いて投票しましたが、はて間違《まちが》っておりましたかな？」

「寝《ね》ぼけたこと言わないでよ！」

怒鳴《どな》るディアナを止めるような冷静さは、まだ取り戻せない。

「耄碌《もうろく》したのジジイ！　なんでカトレアに投票しないの、そもそもアリアって誰《だれ》⁉」

「そういうところですよお嬢《じょう》さん。──中立国をなんだと思っとるのか」

しわの深い笑みからにじむ迫力に、ディアナが驚《おどろ》いたように口を閉《と》ざした。

「カトレア嬢に投票しなければどうなるか考えろと脅《おど》しかけてきましたな。中立国は、そういう相手を真っ先に潰《つぶ》さねばならないのですよ」

「わ、私たちは脅してなんかない。ただ女王にふさわしいって……」

「そういうところもだ。自分たちの行動がどう見えるかについて、自覚がなさすぎる。怖《こわ》くてつきあっておれぬわ」

呆《あき》れ声で聖王が断じた。眼鏡を押しあげてヒリッカ大公が嘆息《たんそく》する。

「そもそも、国境問題すら真面目《まじめ》に取り合わぬ者が国政などできるものか」

「国境問題って……まさか山賊《さんぞく》がどうこうってやつのこと？　そんな小さなこと後回しにするでしょ。ハウゼルの女王を決める大事の前よ⁉」

「ならば、女王になったのちも我が国のことを小さなことと放置するに決まっている」

そんなつもりは、という言葉はカトレアの喉《のど》から出てこなかった。

「後回しするにしても、賊《ぞく》を追えるよう色々提案しに宰相殿《さいしょうどの》をよこしてくださったヴィーカ殿《どの》と比べるべくもない。彼らもまだ若く不安だが、君が女帝になるよりマシだ」

今この瞬間《しゅんかん》まで、あえて視界に入れないようにしていた弟を見る。弟はこちらを見ていなかった。ヒリッカ大公に笑いかけている。

「若輩者《じゃくはい》ですが、鋭意《えいい》努力します」

「キルヴァス皇帝《こうてい》がこうも腰《こし》が低いのも、不気味で恐《おそ》ろしいな。――私も、貴殿《きでん》なら我が国のような緩衝国《かんしょうこく》を簡単に踏《ふ》み潰せると忘れぬよう、自戒《じかい》する。あと、その顔で私の妻に近づくのはやめていただきたい」

「大公は大層な愛妻家だと聞いていましたが、奥様は私のような優男《やさおとこ》にはご興味がないかと」

「当然だ」

あの大公、愛妻家なのか。いかにも妻を馬鹿にしていそうな物言いと振る舞いをする男なのに。ディアナが目を白黒させている。何より気安いやり取りは、ふたりの語らいが初めてではないことを意味していた。

そういえば弟は今まで一度も、カトレアに話しかけてこなかった。さけられていたのはどちらだったのか。

「……っあんたは、どうなの。グロスの！」

ディアナに水を向けられ、粗雑《そざつ》にも見える海の国の王は、腕《うで》を組んで首をかしげた。

「ハウゼルからもキルヴァスからもあまり干渉《かんしょう》を受けていないうちとしては、甲乙《こうおつ》つけがたいところではあった。だが、娘《むすめ》はニーナ王妃に仲よくしてもらっておってなあ」

「そ、そんな理由⁉」

「わかりますぞ、大切なことだ。話せる相手がいる国ならば交渉《こうしょう》が可能だ」

うんうんと頷《うなず》いてみせているオルゲン国王の姿に、ディアナが目を吊《つ》りあげる。さすがにカトレアも拳《こぶし》を握《にぎ》った。

「あんた……っ一番わからないのはあんたよ、なんで」

「ですからそういうところだと、皆《みな》、申し上げているではないですか」

心強い、素晴《すば》らしい、ぜひ協力させていただきたい――そう笑う男を信じたことはない。相手が自分たちを心から支持し理解してくれたと思ったこともない。信頼《しんらい》などない、ただの利用し合う関係。そこに誤解はないはずだ。

なのに少なからず衝撃《しょうげき》を受けている自分が、よくわからなくなる。

「自分を省《かえり》みられるがよろしい。あなたがたが、我々にどんな態度を取ってきたのか」

「本当ならこっちから攻《せ》めてやってもよかったのよ、恩を仇《あだ》で返すなんて！」

「わかりやすく申し上げると、あなたがたは皆に嫌《きら》われているのですよ。だから仲間外れにされた。自分たちがそうしようとしたように」

ディアナがまともに詰まった。カトレアも同じだ。

「オルゲン国王、言いすぎだ」

静かな声に、カトレアもつられて目を向けてしまった。

「他《ほか》にも大きな理由があるだろう。各国から巧《たく》みにワルキューレに勧誘《かんゆう》し、女性を連れ去っている。看過しがたい大問題だ」

「ワルキューレに志願した女性の自己責任とか言って理解せんのではないですかな？」

「そうかもしれないが、我々まで感情論によりすぎるのはよくない」

「さすが、古くからの大国は余裕《よゆう》をお持ちですな。こっちはずっと妻の機嫌《きげん》が悪くて困っているというのに」

「僕だって妻が家出してしまった。皆、色々ある」

皆の注目を浴びたクロードは、優雅《ゆうが》に微笑んでいる。

「だが、まずは皆の協力と理解に感謝したい。話を聞いてくださったあなたがたの妃《きさき》や王女にも、お礼を伝えていただけないか。僕もあとで必ずご挨拶《あいさつ》にうかがおう」

「「くるな」」

即答《そくとう》したのはヒリッカ大公と、オルゲン国王だった。ずいぶんと気安い。まともに話をしたことなど最初の舞踏会《ぶとう》でしかなかっただろうに、どうしてなのだろう。何か男同士で通じ合うものでもあったのか。また女を馬鹿にする男社会の仕草なのか。馬鹿らしい。

でもうまく笑ってやれない。

「……っあなた、が、根回しを、したのですか」

呼吸を取り戻《もど》したカトレアは、ただクロードを見つめた。だが、そんな機会はなかったと思い直す。前回のようなことにはさせまいと、クロードに娘の引き渡《わた》しを提案してからずっと見張っていたのだから。

でも、クロードにしてやられたのなら、まだ。まだ――なんだろう。

「……あんたたちの返事はわかった」

落ち着いたのか、硬《かた》い声でディアナが切り出す。

「でも、アリアって誰？　まさか架空《かくう》の人物じゃないでしょうね？　カトレアと張り合えるっていうの？　ワルキューレの力もなし、ハウゼルの施設《しせつ》も使えないのに？　そうよ、魔王《まおう》。自分の娘を女王候補にしといて窮地《きゅうち》に追いやるなんて、親のやること？」

「失礼します。お連れしましたよ、我が主《あるじ》」

ディアナの口上を遮《さえぎ》り、魔王の従者が部屋に入ってきた。いつの間にか部屋から出ていたらしい。投票結果の騒《さわ》ぎでまったく気づかなかった。続いて現れた金髪《きんぱつ》の人物に、声を失う。ディアナがあえぐようにつぶやいた。

「セドリック・ジャンヌ・エルメイア……」

それは『聖《せい》と魔《ま》と乙女《おとめ》のレガリア』の正ヒーローの名前だ。

「いいタイミングだ、キース。セドリック、ここにいる方々に謝意を」

「はい。皆様《みなさま》、我が娘アリアを次のハウゼル女王に選んでくださって有り難《がと》うございます」

異母兄《いぼけい》にうながされ、セドリックが滔々《とうとう》と語り出す。

(どうして――彼はエルメイアに監禁《かんきん》されてるはずで、リリアが負けたから)

カトレアの混乱を余所《よそ》に、セドリックが深々とこちらに頭をさげた。

「ワルキューレの方々も、アリアを女王候補と認めてくださったこと、感謝しております」

「は――はぁ!? 何、なんのこと」

「女王登録は無事すんだと聞きました」

ディアナが絶句する。

(じゃあ、あの赤ん坊《ぼう》はクロード様の娘ではなくて――)

笑い出したくなった。自分は一体、これまで何を見ていたのだろう。

「ワルキューレの皆様と二大陸会議から承認《しょうにん》を得たアリアなら、ハウゼルの民《たみ》にも受け入れてもらえるでしょう。皆様の指導を受けながら、妻と共に娘を立派に育ててまいります。ハウゼルに、世界に安寧《あんねい》のあらんことを」

ごめんね、許してね。

そんな情けない言葉を娘に向かって口にする日を覚悟《かくご》した。だって自分の責任だ。娘と夫を守る力が今の自分にないことも、ハウゼル女王国がワルキューレにつけこまれたのも、すべて自分がヒロインとしてもプレイヤーとしてもしくじったからだった。

そのツケを自分ではなく、周囲や娘が払《はら》う。こんな情けない話があるだろうか。

(でもねえ、あなたのお父様がとってもかっこいいのよ、アリア)

このまま守られ与《あた》えられる人生よりは、少しでも自由と希望のある未来を選ぶ。ただの王子様だったヒーローは、夫になり女王の父親になる覚悟を決めた。義務から逃《に》げず、責任を取ろうとしているのだ。だったら自分も負けてはいられないだろう。

ままならない人生だって面白《おもしろ》い。そう娘には教えていこう。

不自由こそ自由だと笑うような、そんな子に育てるのだ。

女王候補になった娘の頬《ほお》に、そっとリリアは口づけする。そして、まだ気づかれていないうちにと、娘を手渡《てわた》す。今ならあやしまれない。

「お願いね」

見習いワルキューレとして潜入《せんにゅう》している優秀《ゆうしゅう》なエルメイアの官吏《かんり》は、余計なことは言わず頷き返した。娘を手放すのはやはり怖《こわ》い。でも、信頼できる。

だって友達だ、たぶんだけど。

(でもヒロイン同盟のほうがしっくりきちゃうのよねえ……)

いつかなくなるのかと思うと、少しさみしい。

「ではリリア様はこちらに」

娘を見送っている間にワルキューレに声をかけられ、ついていく。だがどこかでうまく逃げなければならない。

ここはハウゼルの海底施設でもごく浅い部分だ。地下におりる階段も女王候補生が集《つど》う学園のすぐ近くにあったから、どちらかといえば学園用の施設なのだろう。

だが、学園には王宮の礼拝堂から女王がこっそり娘の様子を見にくるための転移施設があった。おそらく女王候補の登録をすることも、どこかでつながっているはずだ。となれば、礼拝堂への出口をさがし、魔槍《まそう》と戦える武器を調達する。最後に目指すのは王宮跡《あと》だ。『魔槍のワルキューレ』で聖剣《せいけん》が出てくるイベントが起こるのは、王宮跡である。

聖も魔も関係なく、すべての力と生命をも呑《の》みこむ剣を前に主人公ディアナは選択《せんたく》する。

自分が選んだ人と前に進むか、すべてやり直すか。

(そういえばアメリアって、この未来は予想してたのかしら?)

アメリアが知っている未来とは、『聖と魔と乙女のレガリア』のいわゆる正規ルートだ。考えていたら、廊下《ろうか》の硝子《ガラス》窓ごしにヒロインの姿を見つけて足を止めた。

サーラだ。あちらもこちらを見て、びっくりした顔をしている。ワルキューレに捕《つか》まりでもしたのかと思ったが、白衣を着ている。いるのは医療《いりよう》室だ──セレナと一緒《いっしょ》に、あるいはそそのかされて潜入したのか。思わず笑ってしまった。

(そうよね、そうなるわよねえ。ゲームどおりにいけば聖剣《リリ》の乙女《ア》は救国の聖女《セレナ》と神の娘《サーラ》から力を貸してもらえるんだもの。別ゲームのヒロインたちに負けるとかあり得ないわよ)

だからアメリアは放置したのだ。簡単な考察である。

「っぃたたたた、いたぁぁあい！」

「リ、リリア様？　どうなさいました」

「おなかが痛いの、ものすごく！　お薬、お医者さん───！　いたぁい！」

おなかを抱《かか》えて廊下にしゃがみこんだリリアに、少々焦《あせ》ったワルキューレがすぐ医療室の中へ声をかける。お人好《ひとよ》しのサーラは、真っ青な顔ですぐに出てきた。

「だ、大丈夫《だいじょうぶ》ですか⁉　どこが痛いんですか、しっかりしてください……！」

「──ここにいる連中、全員片づけるから、手伝って」

ささやかれたサーラがひっと失礼な声をあげるが、おそるおそる頷《うなず》き返した。頼《たの》もしい。セレナもアリアを安全な所に届けたらすぐに追いついてくるだろう。

ヒロイン同盟再結成だ──これだから、母親になってもゲームはやめられない。

# 第四幕　悪役令嬢とヒロインはやっぱり戦う

「さて、次の議題に移るぞ」

待ちかねたというように話題を変えたバアルに、反論の声はなかった。ここからが本番だと言いたげな様子だ。

「最近、女を狙《ねら》って勧誘《かんゆう》し国から連れ出す妙《みょう》な団体についてだ。最初はアシュメイルから広がった新興宗教だったようだが、最近方針が変わったようだ」

「オルゲン連合国でも同様のことが起こっている。最初は無視していたが、女性だけがこうも立て続けに消えるとなると、組織的な拉致《らち》の可能性も高い。マイズではどうですかな？」

「皆様に言われて調べてみましたが、行方《ゆくえ》不明者の何人かが当たりそうです。いずれも高額の金銭と一緒に消えている。人身売買を疑っておったのですがなあ……女性の足取りはエルメイアの港に向かったところで途切《とぎ》れておるようです」

「もちろん、我が国に覚えはない。ただエルメイアにやってきたハウゼルの移民の船が、エルメイアで女性を乗せハウゼルに戻っていることがわかった。三日前、移民船を拿捕《だほ》し、聴取《ちょうしゅ》したところ証言がとれた。ワルキューレになって人生をやり直すのだと言っている」

「なによ、本人の同意はちゃんと得てる。無理強《むりじ》いなんかしてない」

反論したディアナに、幾人《いくにん》かが溜《た》め息をついた。

「グロスではそういう話はないぞ」

「同じく、ヒリッカでもそういう話はありませんな。おそらく、ワルキューレとその手術についての知識があるからでしょう。キルヴァスも同様では？」

「そうですね。我が国にもまだワルキューレは残っていますが、今までのようなやり方でワルキューレを増やすことに反対している者たちばかりです。何よりワルキューレの手術を施《ほどこ》せるのはハウゼルだけ。――誰《だれ》がやったかは、明白かと」

「今まで散々ワルキューレを作ってきたキルヴァスが、私たちがワルキューレを増やすことを批難するわけ!?　おかしいでしょ、そんな――」

「ディアナ、もういい」

冷たく答えたカトレアに、会議室中の視線が向いた。

「終わりだ。行こう」

「ワルキューレに同情の余地はある」

クロードは座ったまま、カトレアを見つめた。彼女はこちらを見た。

バアルや周囲からは、批難めいた眼差《まなざ》しを向けられている。

けれど、浮《う》き輪を投げずにはいられない。妻は怒《おこ》るだろうか――いや、しかたないと笑ってくれるだろう。

「ワルキューレがハウゼルを守る新たな民《たみ》となり、新しい女王に仕えると言ってくれるなら、一考はしたい」

「あなたはいつもお優《やさ》しいですね、クロード様」

カトレアが、頭にかぶったままのヴェールをつかみ、ずらした。ワルキューレのときにはなかった紅を引いた唇《くちびる》が笑《え》みを象《かたど》る。

「いっそ聖剣であなたを討《う》ってしまえればよかったのに」

「全員、さがれ！」

椅子《いす》を蹴《け》って立ち上がったバアルが、結界を張った。ほとんど同時に、ディアナの胸が輝《かがや》き、魔槍が床《ゆか》に突《つ》き立てられる。

会議室が吹《ふ》き飛んだ。衝撃《しょうげき》はバアルが防いでくれたが、足元が崩《くず》れ落ちる。宙に放《ほう》り出された皆《みな》を、クロードは魔力《まりょく》で浮かせた。魔力に慣れない者たちを、キースやウォルトやカイル、ヴィーカが手を貸して支えている。皆、無事だ。

「最後のチャンスです、クロード様。クレア皇女はどこですか」

「あいにく、僕は娘《むすめ》の行方を知らない」

本当のことだ。だが半壊《はんかい》した会議室にいるカトレアは、鼻で笑う。信じていないのだろう。

「わかりました。では、交渉決裂《こうしょうけつれつ》です」

クロードの横にバアルが並んだ。

「聖王と魔王を一度に相手取るか。良い度胸だ、ほめてやろう」

「気をつけてください、姉様とディアナは本当に強い──！」

ヴィーカの忠告を尋常《じんじょう》ではない光が遮《さえぎ》った。青い光。魔槍の光だ。

「さすがに聖王と魔王を殺すには時間も労力もかかりすぎる。ですが各国の王が消えたとなれば皆、嫌《きら》われ者の私たちを止められる人間はいなくなる」

青い光源を手に取ったカトレアが、ヴェールのはがれた顔をあげる。

「全員、二度と島を出られると思うな。──ディアナ」

「わかってる。全員、聖剣の肥やしになれ」

魔槍の先をふたりが交差させる。青だった光は輝きを増して、透明《とうめい》になっていく。その輝きをクロードは知っていた。

聖剣だ。

魔の闇《やみ》から世界を救う、聖なる乙女《おとめ》の光に酷似《こくじ》している。

地響《じひび》きが起こった。島自体が動いている。天候が早送りしたように変わっていく。彼女たちが何かしたとだけ、わかった。

魔力も聖なる力も吹き飛ばす圧倒《あっとう》的な光が、鞭《むち》に姿を変えてこちらに襲《おそ》いかかってくる。足を取られた瞬間《しゅんかん》、高度が落ちた。魔力がものすごい勢いで吸われている。バアルも同じだ。

聖なる力も魔力もすべて、糧《かて》にされる。

「あにうえ……っ」

自分を助けようと伸《の》ばされた異母弟《いぼてい》の手が目に入った。

瞬間、クロードの腹は決まった。

妻に手駒《てごま》を残さねばならない。

「えっクロード様!?」

護衛が声をあげたが、説明している時間はない。頼《たよ》りになる護衛ふたりと、キースもまとめて吹き飛ばす。エルンストも飛んでいく姿が見えた。やったのはヴィーカだ。同じことを考えているらしい。

ワルキューレたちの手が届かない遠くへ。戦闘《せんとう》の気配を感じてこちらに意識を向けるカラスたちにも、決して近づかないよう命じた。クロードたち国の要人ならまだしも、彼らや小さな魔物たちならカトレアたちは相手にしないだろう。

そこが勝機だ。

「お前を逃《に》がしてやれなくてすまない、セドリック。僕らは囮《おとり》だ」

クロードの手をつかんだセドリックが瞠目《どうもく》する。クロードは横に目を向けた。

「悪いがお前にもつきあってもらうぞ、バアル」

「悪いなどと露《つゆ》にも思ってもおらぬくせによく言う」

不敵に笑ったバアルも気づいている。自分たちは、捕《つか》まる。

予測を裏付けるように、空から振《ふ》ってきた光の網《あみ》に視界と意識が遮断《しゃだん》された。


爆発《ばくはつ》のような音の後に、地震《じしん》がきた。

だが音も地震も、一度きりでおさまる。息を殺して様子をうかがい、そっと東屋《あずまや》を出て、仰《ぎょう》天《てん》した。

さっきまで晴天だった空の色が変わっていた。夕暮れになってしまったような、赤だ。

「……夕方、です？　こんな季節、今時？」

「そんな季節、ないと思うけど……」

東屋から出てきたダナによりそい、ニーナも不安そうに空を見あげている。オードリーに手を貸してもらい外へ出てきたキャロルも同じくだ。

「爆発音がありましたね。会議で何か――」

「動くな！」

足音が複数、あっという間に近づいてきて取り囲まれた。ワルキューレたちだ。アイリーンをロクサネが咄嗟《とっさ》に背に隠《かく》してくれるが、ワルキューレたちには関係ないようだった。

「あなた方を拘束《こうそく》させていただく」

「何の権限で拘束するのです。私はオルゲン連合国の――」

槍《やり》の先を突きつけられ、オードリーが口を閉《と》ざした。ワルキューレが嘲笑《ちょうしょう》する。

「黙《だま》れ、戦場も知らずぬくぬく育ったお姫様《ひめさま》が」

後ろ盾《だて》になった国の王妃《おうひ》に向ける態度ではない。アイリーンは足元の影《かげ》を見る。

アーモンド、と小さく呼んだ。

「裸《はだか》で海に投げ捨てられたくなければ、口答えするな。――縛《しば》りあげろ！」

「出てきなさい、魔王軍！」

「アイアイサー！」

高らかな叫《さけ》びと一緒《いっしょ》にアイリーンの足元から一斉《いっせい》にカラスの大軍が出てきた。さながら手品のような光景に、皆がぎょっと身を引く。ロクサネだけが動じず、声を張り上げた。

「皆様《みなさま》、走ってください！」

「おぶさる、です！」

一番身軽なダナが有無《うむ》を言わさずキャロルを担《かつ》ぎあげる。運動神経がいいのだろう、速度が落ちない。ニーナがダナのかたわらを支えるように走りながら叫んだ。

「でも、逃げるってどこへですか⁉」

「近くにある荷馬車をひとまず奪《うば》って――オードリー様！」

アーモンドたちの中からひとりだけ、ワルキューレが抜《ぬ》け出てきた。その手が殿《しんがり》のオードリーに迫《せま》る。だがオードリーは振り向きざまに短剣《たんけん》でワルキューレの足を突き刺《さ》した。躊躇《ためら》いのない流れるような動きに、アイリーンも目を丸くする。ダナが口笛を吹いた。

「いい動き、素敵《すてき》です！」

「身ひとつ守る術《すべ》も持たず、内紛《ないふん》だらけの国の王妃がつとまりますか」

「こっちです、早くキャロル様を！」

馬がつながったままの荷馬車を見つけたロクサネが呼ぶ。まず先にあがったロクサネがキャロルを引き上げた。アイリーンも飛び乗り、オードリーに手を貸す。ダナが飛び乗ると、ニーナは迷わず御者台《ぎょしゃだい》に乗った。

馬の手綱《たづな》を取ったニーナが、鞭を振るう。馬車が走り出した。

「──そういえば、ヒリッカ公国は騎馬《きば》民族が作った国でしたか。宝石と馬が名産でしたね」

オードリーが呆《あき》れたようにひとりごちる。

「ニーナ様、埠頭《ふとう》へ向かってください！　そこにわたくしの臣下がいます！」

「わかりました！　裏道から行くので皆さん、しっかりつかまってください……！」

もともと荷馬車だ。ゆれは荒《あら》く、裏庭から街へ抜ける林の中へ方向転換《てんかん》する。

「投票は……うまくいったからこそでしょうか。この騒《さわ》ぎは」

厳しい顔でロクサネが遠ざかっていく議事堂をにらんでいる。荷台に腰《こし》を落ち着けたキャロルが同意した。

「でしょうねえ。アリア皇女が投票で無事、次の女王に決まった。だからワルキューレたちが私たちを敵と見做《みな》したのでしょう。……無事かしら、夫は。若い皆さんの邪魔《じゃま》になってないとよいけれどねえ」

「アイリーン、アイリーン！」

ワルキューレたちを足止めしていたアーモンドたちが追いついて、馬車に並んだ。

「クロード様たちに何かあったの？」

「魔王《まおう》様、聖王、皆《みな》、捕マッタ！　クルナッテ……」

アーモンドは目を潤《うる》ませたが、すぐにぶるぶる首を横に振った。きりっと顔つきを整える。

「魔王様、囮！　作戦、ドウスル⁉」

さすが魔王軍の隊長だ。伊達《だて》に何度も修羅場《しゅらば》をくぐってはいない。

アイリーンの影の魔法は生きているのだ。無事なのはわかっている。

「誰《だれ》か会議から逃げられた人はいる⁉」

「キース、護衛フタリ、キルヴァス宰相《さいしょう》、飛ンデッタ！」

「ならそれをアイザックに伝えて。あなたたちが見聞きした情報はすべて、いつもどおりよ。わかるわね？」

「了解《りょうかい》！」

そう言ってアーモンドたちが綺麗《きれい》な隊列を組んで方向転換する。

ほうっと息を吐《は》き出したのはキャロルだ。

「ずいぶん可愛《かわい》らしいのですねえ、魔物さんは」

「……ワルキューレ追ってこない、です。街、人、少ない……？」

ダナが時折見える街並みをにらみながらつぶやく。もともとワルキューレに関《かか》わる者が多くいた街だ。どこかに戦力を集めているのだろう。

（あり得るとしたらハウゼルの海底施設《しせつ》ね。いえでも、『魔槍《まそう》のワルキューレ』のハウゼル最終戦は地上が舞台《ぶたい》――）

突然《とつぜん》、耳をぴんと立てた馬が大きく嘶《な》いた。遅《おく》れてまた地響《じひび》きが鳴る。今度は大きく長い。皆で固まり、様子をうかがう。

やがて嘘《うそ》のように地鳴りが静まったあと、今度は耳障《みみざわ》りな音が響《ひび》いた。

『――タダ、……タダ、今ヨリ』

「なんですか、声はどこから!?」

「あれです」

馬車から飛び降りたアイリーンは、王宮跡《あと》がある島を指さした。建物が遮蔽《しゃへい》物となって、本来なら何も見えないはずだ。

だが、指さした先には空に伸《の》びていく壁《かべ》があった。ワルキューレと魔物たちを閉じこめていたような、長く分厚い壁。おそらく、海底施設が王宮跡から地上に出てきたのだ。

ゲームでワルキューレたちに空飛ぶ城も吹《ふ》き飛ばされたハウゼル女王が、最後の策として呼び出す壁の要塞《ようさい》。世界を押し流す津波《つなみ》にも耐《た》える、箱船の島。

『タダ今、ヨリ。新タナ女王ノ、戴冠式《たいかんしき》ヲ、行イマス』

音声が放たれるたびに壁で光っているのは、神石だろうか。拡声器のような役割を果たしているのかもしれない。地下から、あるいは空から。どこからともなく、女王の声が届けられるように。

『カトレア女王ヲ讃《たた》エル者ハ、王宮跡へ』

『異ヲ唱エル者ハ、海ノ藻屑《もくず》トナレ』

『タダ今ヨリ、三時間後――中央島以外のすべてを、沈《しず》めます』

カトレア本人だろうか。声質が変わる。一呼吸だけ、間があった。

『もう、理解は求めない』

「ほんとモテるな、魔王様」

倉庫に辿《たど》り着くなり、アイリーンの片腕《かたうで》がそう言った。

「当然でしょう、わたくしが選んだ男よ」

「嫌《いや》みだっつの。しかも肝心《かんじん》なときにいねーし。……潮が引いてるって報告を受けてる」

　アイリーンはまぶたを落とし、唇《くちびる》を引き結んだ。

　思い浮《う》かぶのは、ディアナたちに追い詰《つ》められたハウゼル女王国の反撃《はんげき》だ。もはやここまでと悟《さと》った女王は、壁の要塞を起動して津波を起こし、自国をも沈めにかかる。ディアナとディアナが選んだ人間以外、すべての仲間を呑《の》み込んだ海を見つめながら、女王が最後まで手放さなかった聖剣《せいけん》を手に、ディアナは選択《せんたく》するのだ。

　未来を信じて生きていくか、それともやり直すのか。

　きっとカトレアたちはやり直すつもりだろう。理解を求めないと言い放つ声には、世界に対する失望がにじんでいた。津波は彼女たちにとって、リセットの手順にすぎない。あるいは最後の嫌がらせだ。

（――でも、ひょっとしたら）

　本当に理解を求めていない人間は、わざわざ理解の拒絶《きょぜつ》を宣言したりしない。

　大きく息を吐き出し、吸った。

「とにかく、カトレア様たちが津波を起こして、島ごと私たちを沈めようとしているのは間違《まちが》いなさそうね」

「ハウゼルの海底施設を使ってでしょうか？」

　木箱の上に腰をおろしたオードリーに尋《たず》ねられた。

「ええ、カトレア様の予知に渦潮《うずしお》だの地震《じしん》だのあったでしょう。あれはその一環《いっかん》です」

「予知、嘘、でしたか……」

しょんぼりとダナが肩《かた》を落とした横に腰をおろして、ニーナが考えこんだ。

「まずは船で避難《ひなん》準備ですよね。うちは一隻《せき》できたので船員や連れてきた使用人たちも含《ふく》め、乗せられてせいぜい五百くらいでしょうか……」

「アシュメイルも同じくらいです。……わたくしたちが滞在《たいざい》している島だけでも、まだ一万人以上の住民が残っているはず」

「オルゲンは二隻できております。しかも片方はほぼワルキューレ専用の大型船でしたから、合わせて二千人は乗せられます」

「うちは海のない国ですので、船が小さくて……三百がせいぜいかしらねえ」

「あ、ウチはいっぱい、たくさん船、きました！　皆様《みなさま》に見せようと思って。詰め込めば千くらい、いけるかも、です」

「エルメイアも千くらいなら。他《ほか》にも漁船や私船もあるでしょうから、ぎりぎりたりるのではないかしら。一万人のうち半数はワルキューレですし……どう、アイザック」

「いや、指示を出す王様がそろって行方《ゆくえ》不明なのが問題だろ」

少し離《はな》れた場所でアイザックが手を振《ふ》った。ほほほ、と笑ったのはキャロルだ。

「王がいないなら、私たちがやるしかないでしょう。マイズは問題ないですよ」

「アシュメイルも同じくです。バアル様に文句は言わせません」

「ヒ、ヒリッカ公国も大丈夫《だいじょうぶ》です。逆にちゃんとしないと怒《おこ》られる気が……」

「うちは朝、目が覚めたら国王が死んでいるのが珍《めずら》しくないので問題ありません」

「オードリー様、ちょっと不吉《ふきつ》すぎるのでは……」

「わかりまーす、父、死んだら私、次の首長です！　問題なし！」

鼻の穴をふくらませたダナの発想がいちばん怖《こわ》い。あー、とアイザックが気まずさを振り払《はら》う声をあげた。

「じゃあ、王様たちの捜索《そうさく》とかは……」

「あとまわしですよ、そんなもの。ねえ」

キャロルに同意を求められ、頷《うなず》くのに一応躊躇《ためら》いを見せたのはニーナだけだった。アイリーンは胸をなで下ろす。

「皆様、頼《たの》もしい……わたくしも賛成いたしますわ」

「いや頼もしくねーよ、こえーよ！　うっかり同情しそうになったぞ、俺！」

「ところで皆様。わたくし、津波を止めにいきたいのですけれど」

「止める方法があるのですか？　どのような方法ですか」

素早《すばや》くオードリーが距離《きょり》を詰めてくる。アイリーンは苦笑いした。

「残念ですが、お教えするわけには参りません。でなければ油断ならない皆様は、このあと何をしかけてくるかわかりませんから」

「このあと……ですか」

ニーナの確認《かくにん》に、頷き返した。

「ええ、このあとです。——皆様にお願いしたいのです。止めてみせますが、万が一があります。島の住民の避難や安全の確保は必要です。国を問わない助けをお願いしてかまわないかしら。ここにはわたくしの娘《むすめ》も侍女《じじょ》と一緒《いっしょ》にいます。アリア皇女もいずれ合流する予定です」

「国も娘も放《ほう》り出していくと？　私たちにお願いするのは、そういう意味ですよ」

オードリーの口調には批難がまじっている。当然だ。でも胸を張った。

「守ってくださると信じます。国を背負う者として」

苦虫を嚙《か》み潰《つぶ》したような顔で黙《だま》るオードリーの横で、キャロルが微笑《ほほえ》んだ。

「いってらっしゃいな、打てる手は打つべきです」

「キャロル様、安請《やすう》け合いはエルメイアのためになりません」

「年長者の私たちが若い者を走らせてやらなくてどうしますか。どうせやるべきことは同じです。でも王もいない状況《じょうきょう》です、まとめ役は決めておきましょう。ロクサネ様、あなたがよいと私は思いますよ」

「わたくしが、ですか」

戸惑《とまど》うロクサネに、キャロルは穏《おだ》やかに頷いた。何か言いかけたオードリーも制する。

「今、ここにはキルヴァスの者がおりませんが、見捨てるわけにはいかないでしょう。幸い、あなたはエルメイアと元々交流がある。アイリーン様も安心できるでしょう。そしてエルメイアの伝手《つて》でキルヴァスも助けてやりなさい。大丈夫です、できますよ。お若いとはいえ、あなたは聖王の正妃《せいひ》。聖王を戴《いただ》くアシュメイルの言葉にならば、耳を貸す者は多い。なんの神威《しんい》もない国々よりもね」

ロクサネが膝《ひざ》の上で組んでいる手を、ぎゅっと握《にぎ》る。

「そして七カ国でありったけ船を出しましょう。できるだけ人をたくさん乗せるんです、国を問わず。最悪、ハウゼルが沈んでも人が残ればなんとかなります。ハウゼルから一番近い港はエルメイアですから、何かあればそちらに向かいます。入港の心配はしなくていいですよ。こちらは皇女を預かっているんです。シリル宰相《さいしょう》はいい子ですからね。せっかくですし、人助けで貸しも借りもたくさん作りましょう。これぞ、妃の腕《うで》の見せどころですよ」

今後の行動方針を立てたキャロルに、誰《だれ》も反論しない。十何年と先をいく先輩《せんぱい》に、できないと思われたくないのだ。アイザックも頬杖《ほおづえ》を突《つ》いて見守っている。

「……思い出しました、キャロル様。わたくし、シリルお兄様と一緒にマイズ中立国に行ったことがありますわね」

「ええ。よく覚えていますよ。まだあなたのお兄様がこのくらいの頃《ころ》にね」

肩あたりに手のひらを垂直に当てて、キャロルは微笑んだ。

「ドートリシュ公爵《こうしゃく》家の長男だと、堂々と乗りこんできてねえ。妹を連れて自力でエルメイア皇国の自宅まで戻《もど》るよう、お父様に叩《たた》き出されたと言ってました」

「そうです。……シリルお兄様はなんと言ってあなたがたに協力を仰《あお》いだのですか？」

あのとき、兄は迎《むか》えを用意させた。あれはマイズ中立国のものだった。

「中立国で騒《さわ》ぎが起こってはまずいでしょう。妹と一緒に無事エルメイアに戻れるよう、手配してくれませんか。エルメイアの未来の宰相にも大きな貸しが作れます。どうです、お得でしょう」

一言一句、兄が言いそうな言葉だ。

「アイリーン様も見習うことをおすすめしますよ」

うながされ、アイリーンは背筋を伸《の》ばす。まだまだ学ぶことがある。

「皆様、津波《つなみ》を止めたエルメイアに、貸しを作られたくはないですわよね？」

ダナだけではなくニーナまで小さく噴《ふ》き出す。オードリーは呆《あき》れ顔になっていた。キャロルは満足げだ。ロクサネが、代表のように答える。

「ではエルメイアの民《たみ》と皇女をかわりにお守りすることで、帳消しにしましょう」

しっかり視線を交《か》わし合うここは、女たちの戦場だ。

邪魔《じゃま》をするべきではないと察したアイザックがアイリーンに目配せして、立ち去る。背中を追う前に、アイリーンはそっとロクサネに耳打ちした。

「ロクサネ様。サーラ様をお借りできたら嬉《うれ》しいのですけれど」

「サーラはエルメイア出身のワルキューレ見習いを見かけて、出ていってしまいました」

　思わぬ回答に、ロクサネをまじまじ見返してしまう。

「……うち出身のワルキューレ見習い、ですか。まさか」

「今もまだ戻ってきてませんから、わたくしにはなんとも。困った子です。どうやってワルキューレに取り入ったのか知りませんが、魔槍《まそう》が作れるなら神剣《しんけん》やいっそ聖剣も作れるのでは、などと言って張り切っていました」

　一呼吸だけ、間を置いた。

「うちを出し抜《ぬ》く気でしたわね？」

「当然でしょう。聖剣があるエルメイアは脅威《きょうい》ですから。うまくいかず、残念です。――エルメイアの魔物《まもの》たちをお借りできますか？」

「え？　ええ……かまいませんが、言うことを聞くかどうか」

「エステラがそちらに嫁《とつ》ぐかもしれないと交渉《こうしょう》してみます。行方不明の間に娘の嫁ぎ先が決まれば、バアル様にもいい薬になるでしょう」

　それは、こちらが逆恨《さかうら》みされそうな気もする。だが今はロクサネに頼《たよ》るのが最善だ。笑顔《えがお》でアイリーンは了承《りょうしょう》した。

　しかし、ここにきてヒロイン大集合か。ゲームの終盤《しゅうばん》ではお約束の展開かもしれないが、ひとつ、魔槍に対抗《たいこう》するために考えていた武器は諦《あきら》めるべきかもしれない。どうせ同じことに気づいているリリアに譲《ゆず》ったほうがいい。幸いにもアイリーンには手駒《てごま》が多くある。クロードが残してくれた手駒だ。

(正面突破《とっぱ》するしかないわね)

手招きだけで呼ぶアイザックについていくと、倉庫の二階にあがる階段へ出た。のぼっていくと、奥に部屋がある。中に入って、アイリーンは声をあげた。

「――レイチェル！　クレア……！」

「アイリーン様！」

クレアを抱《だ》いたレイチェルが立ち上がり、アイリーンに手渡《てわた》す。頬《ほお》ずりすると、むにゃむにゃとクレアが口を動かし、ぼんやり目をあけた。

「寝《ね》てたのね、ごめんなさい起こして。――元気ね。いい子ね……」

「アリア皇女も先ほど、セレナさんが連れてきてくださいました」

言われて木でできた大きなゆりかごを覗《のぞ》くと、姪《めい》が同じ服を着てこちらを見ていた。起こしてしまったらしい。

「アリア様、女王候補として登録されたんでしょう。何かおかしな様子はない？」

「ありません。体のどこにも痕《あと》も怪我《けが》もないですし、正直何をされたのかもさっぱりです」

「ならいいけれど……ふたりも世話をするのは大変じゃない？」

「まったく。さっきまでふたりで仲よく遊んでらっしゃいました。まるで双子《ふたご》みたいです」

「冗談《じょうだん》はやめて。でもそう、よかった」

ぎゅっと愛娘《まなむすめ》を一度抱きしめて、アイリーンはクレアをアリアの横に寝かせる。クレアが戻ってきて嬉しいのか、アリアがへにゃりと笑った。

「お母様は、また少しお出かけしてくるわね。――レイチェル、お願い。クレアはもちろん、アリア様もよ」

でないとリリアに余計な借りを作る。

レイチェルは何も言わず、深々と頭をさげた。部屋の出入り口で眺《なが》めていただけのアイザックが、嘆息《たんそく》する。

「津波を止めにいくっつーのは変わらないんだな」

「あら。クレアに会わせればわたくしが迷うとでも思ったの？　おあいにく、絶対に負けられなくなったわ」

「逆効果か」

苦笑いして、アイザックは部屋を出て扉《とびら》を閉めた。仕事中は妻に挨拶《あいさつ》ひとつしないのが、彼らしい。

「で、目的地と目標は？」

「ハウゼル王宮跡《あと》がある中央島。目標は、壁《かべ》の内側にある彼女たちの聖剣に、わたくしかリリア様が触《ふ》れること。偽《にせ》女王の戴冠式《たいかんしき》のど真ん中――ワルキューレたちの包囲網《ほういもう》をくぐり抜けてね。魔槍に対抗できる聖剣も神剣もなし。しかも猶予《ゆうよ》は二時間、できる？」

「二時間もあるだろ」

あっさり言って、アイザックが懐中時計《かいちゅう》を取り出す。

「まずは魔王様《まおう》の従者と護衛と、キルヴァス宰相と合流だ。船はオベロン商会のを出す。魔物たちに島の状態を調べさせる。あとはドニや魔道士たちを呼びつけて、使えるもんをありったけ使う。いつもどおりだよ」

さすが、自分の片腕《かたうで》だ。魔王様は絶対助けない、と言い切るところまで平常運転だった。


セレナ・ジルベールはエルメイア皇国の官吏《かんり》である。が、とても気にくわない皇后のせいで、なぜかこういう事態によく巻きこまれる。内容は、官吏の仕事とはおよそかけ離《はな》れたものばかりだ。

（いい加減こういう仕事はやめようって思ってるのに）

結婚《けっこん》したし、安定した収入も手に入れたし、将来の計画もあるし。

だが、皇后陛下の覚えがめでたいという評価は出世に大変役立つので、恩はできるだけ売りたい。しかも夫の上司は皇后の次兄《じけい》なので、夫の出世もかかっている。

そういうわけで、セレナは今のエルメイア皇帝《こうてい》夫妻に斃《たお》れられると困るのだ。しかもここを切り抜ければ、ハウゼル女王を助けた恩まで売れる。わかっている。

だから今回も、二大陸会議前の視察団に派遣《はけん》された際、あやしげな勧誘《かんゆう》にあえてのってみたのだ。そうしたら見習いワルキューレへ志願する地雷《じらい》案件だった。もちろん合否を待つ間に上司に素早《すばや》く報告し、指示を待った。でなければ評価されない。結果、エルメイア宰相シリルの署名が入った調査続行の命令書が返ってきてしまった。これが十日前のことだ。

宰相の命令でさえなければ、屁理屈《へりくつ》をつけて逃《に》げるつもりだった。本来ならとっくにエルメイアに戻《もど》っている頃《ころ》だ。こんな騒動《そうどう》に巻きこまれるなんて、不運にもほどがあった。

「しかも、なんであんたまでここにいるのよ……！」

「えっあっ、ごめんなさぁい！」

神の娘《むすめ》だか医者だかがセレナのひとにらみにうろたえ、泣き出しそうになっている。だがサーラは隣国《りんごく》アシュメイルの正妃《せいひ》のひそかなお気に入りだ。軽々しく蹴《け》っ飛ばしてやることもできない。

「セレナったら、そんなふうに言わないで。私がここまで無傷でこられたのはサーラのおかげなのよ。医療《いりょう》班ですって部屋に入りこんでは薬をばらまきまくってくれたんだから」

礼拝堂までの通路、ワルキューレたちがそろいもそろって寝こけてたのはそういう理由らしい。ちらと見れば、長椅子《ながいす》のうしろや出入り口に、ワルキューレが数人倒《たお》れている。

「えへへ。でも私はリリア様に言われるままにきただけですから……」

「一番だめでしょうが、いい加減学習しなさいよあんた。この女に使わせるためにあんたを引き込んだんじゃないのよ、私は」

「えっでも頼りにしてるって言われたし……」

流されがちなサーラの態度も問題だが、そこにつけこむのはもっと問題だ。じろりとセレナがにらむと、今から女王の母になる女は無邪気《むじゃき》に笑い返した。

「ヒロイン同盟ってやつよね！」

「そんなもの一度たりとも結んだ覚えはないから。で、どうなの、それ。聖剣《せいけん》の模型品だって聞いたけど」

ワルキューレたちの魔槍《まそう》と戦える代物《しろもの》なのか。

古ぼけた祭壇《さいだん》の奥には、仰々《ぎょうぎょう》しく一振《ひとふ》りの剣が台座に飾《かざ》られていた。聖剣のような輝《かがや》きはない。ただの冷たい、石の剣に見える。ところどころひびも入っていた。

そもそも礼拝堂自体が、なかなかのさびれようだ。誇《ほこ》りっぽいし、床《ゆか》には先日の雨漏《あまも》りの跡がある。祭壇などお飾りで、議事堂がある島と、王宮があった中央島を行き来する出入り口に使っているだけだと思っていた。ワルキューレたちもそうだろう。

「確かにこれはただの聖剣の模型品よ。でもちゃんと聖剣の機能も持ってるの。聖剣の乙女《おとめ》の血筋を識別するっていうね」

「識別してなんになるのよ。必要なのは魔槍と戦える武器でしょ」

「ポイントはちゃんと聖剣と連動してるってことよ。どこかに聖剣がある。ワルキューレたちの聖剣だろうけど」

初耳だ。だが指摘《してき》しても無駄《むだ》だとよく知っている。

リリアが祭壇の奥へと回り、台座に刺《さ》さっている無機質な剣に触れる。その指先が触れた箇所《かしょ》に、小さな光が灯《とも》った。だが光は鱗粉《りんぷん》のように、すぐにかき消えてしまう。

「──やっぱり識別だけじゃないの？」

「でも素材は、神剣と同じだと思わない？」

あ、とサーラが声をあげた。

「な、なら、私が直せます」

「でも、もし魔槍が聖剣と同じくらいの力があるとしたら、神剣を壊《こわ》しては使うことになるわよ。効率悪くない？　数もたりないし」

「十分よ。彼女たちの聖剣に近づくまでの武器だから」

「──お前たち、どこから入った⁉　何者だ⁉」

はっとセレナは礼拝堂の扉に振《ふ》り向いた。地下からつながっていた扉は塞《ふさ》いでいたが、礼拝堂の正面扉には細工していなかったのだ。見張りらしきワルキューレが応援《おうえん》を呼ぶ前に飛びかかり、ねじ伏《ふ》せる。きゃあっと手を叩《たた》いてはしゃぐリリアは、まったくあてにできない。

青ざめているサーラに向かって叫《さけ》ぶ。

「早く修復しなさい！」

「は、はいぃっすぐやりますぅ！」

「サーラが終わったらセレナもよ。セレナの力だって必要なんだから」

「はぁ!? なんでよ！ 聖剣があればあんたほぼ最強でしょうが！」

「だって喧嘩《けんか》を売られてるのよ？ 悪役令嬢《れいじょう》とヒロインにね。ちゃんと受けて立たなきゃ」

この女の言うことが意味不明なのは今に始まったことではない。だが、今までにないまずさが含《ふく》まれている気がした。

「そりゃあね、現実は別って理解したわよ？ セドリックと決めたことに納得《なっとく》もしてるし。でも、別シリーズでも過去作に対する敬意がないのはやっぱりどうかなって思うの。だって過去があってこその今でしょ？」

光のない目で、リリアが口角を持ちあげ、両手を広げた。

「だからヒロイン全員で格の違《ちが》いを思い知らせてやりましょうよ！」

生きて夫のもとへ帰るために、セレナは口を閉ざした。敵対するワルキューレたちにほんの少し、同情しながら。

鐘《かね》の音が聞こえた。別れを告げる躊躇《ちゅうちょ》を含んだような、低く長く、響《ひび》く音。にぶく聞こえるのは、分厚い壁《かべ》に阻《はば》まれているからだろう。

「おい、クロード。いい加減目をさませ、クロード！」

バアルの声に、クロードは眉間《みけん》にしわをよせ、唸《うな》る。

「いつも言っているだろう。朝は弱いと僕は――」

すぱんといういい音と一緒《いっしょ》に、頭部に衝撃《しょうげき》が走った。

「目が覚めたか」

「……ああ。あまりの乱暴な起こし方に目がさめた。未《いま》だかつてこんな起こされ方はしたことがない……そうだろう。魔王《まおう》の頭をはたいて無事でいられる者などいない……」

「せいぜい無事でいられる余の存在に感謝せよ。――見ろ」

バアルが顎《あご》をしゃくる。

口をつぐんでクロードは起き上がった。そこは長細く曲がった、奇妙《きみょう》な形の部屋だった。回《かい》廊《ろう》の曲がり道の一カ所だけを区切ったような部屋だ。家具もない。灯《あか》りすらない。あるのは、窓際《まどぎわ》らしき場所にずらりと並んだ椅子《いす》だけ。警備もいない。いるのは会議室でつかまった面々だけだ。オルゲン国王、マイズ国王、ヒリッカ大公、グロス首長に、ヴィーカに、セドリック、バアル、自分を含めて八人だ。

目をさましたのはクロードが最後だったらしい。皆《みな》、椅子の近くで、壁の半分を占《し》める大きく長い窓から外を眺《なが》めている。バアルもそちらに歩き出す。クロードも立ち上がり、眉《まゆ》をひそめた。相当高い位置にあるのか、窓のほとんどを空が埋《う》めつくしている。だがその空も真っ赤だ。夕暮れ時だからとは思えない、不吉《ふきつ》な赤。地獄《じごく》の空はこんな色をしていそうだ。

「ここは？」

「さっきまでは海底だったのだがな。今は、ご覧のとおりだ」

オルゲン国王に言われるまま、窓際に立ち、窓の外を見る。

視線をさげると、ぽっかりとあいた巨大《きょだい》な穴が見えた。宮殿《きゅうでん》がぽっかりひとつ埋まりそうな巨大な穴だ。おそらくはハウゼルの王宮跡《あと》だろう。だが、穴があるだけと報告を受けていた場所の中央に向かって階段が伸《の》び、広場が高くそびえたっている。クロードたちの部屋より少し低い位置にある広場は支柱に囲われただけで壁はなく、中央には台座が見えた。

赤い空の下で、台座だけが輝いている。不気味だった。光で形がぼやけているが、台座に何かが刺さっているようにも見える。

「広場に、輝く台座か。これから女王の戴冠式《たいかんしき》ですかね。ふん、さしずめ我々は観客といったところか」

広場の周りに集まったワルキューレたちを見て、ヒリッカ大公が不愉快《ふゆかい》そうに眼鏡を押しあげた。グロス首長が透明《とうめい》な硝子《ガラス》を何度か拳《こぶし》で叩いたが、振動《しんどう》すら起こらない。

「頑丈《がんじょう》な建物だな。窓以外、出入り口もない。脱出《だっしゅつ》は無理か。どうだ、キルヴァスの」

「先ほど根こそぎ魔力《まりょく》を持っていかれた上、今も吸われ続けてますね。クロード様は？」

「同じだ。キルヴァスの帝都《ていと》と同じ仕掛《しか》けだろう。バアルもおとなしくここにいるところを見ると同じ状況《じょうきょう》か？」

「ああ、魔力も聖なる力も関係なしだな。……おそらく、あれに吸われとるのでは？」

バアルが顎でしゃくったのは、赤い空の下で清浄《せいじょう》に輝く台座だ。

「あれは魔槍ですか。それとも聖剣？　オルゲン国王、何かご存じではないですか」

「聖剣があるとは耳に挟《はさ》んでおった。対魔王用の武器だとばかり思っておったが」

「……なんにせよ、姉様たちの切り札なんでしょう」

「ああだこうだ議論していても疲《つか》れるだけです。観客として招かれたんですから、我々は見ていることにしましょうか」

よっこいしょ、と気楽な声をあげてマイズ国王が椅子に座った。ヒリッカ大公が目尻《めじり》を吊《つ》り上《あ》げる。

「脱出の手立てを考えないと？　さっきから何度か繰《く》り返されている放送、あなたには聞こえなかったんですか。ワルキューレどもは島を海に沈《しず》める気です」

初耳だ。バアルに目を向けると、肩《かた》をすくめられた。本当らしい。

「我々が囚《とら》われていては軍も何も動かせない。どれだけ混乱が起きているか」

「おや、困りましたのぉ。ヒリッカ大公妃殿下《ひでんか》は、避難《ひなん》指示も出せない御方《おかた》ですか」

意味深に笑われ、ぐっとヒリッカ大公が詰《つ》まった。

「まあご心配なさらず、うちの妃《きさき》がうまいことやりますよ。年の功ですなぁ」

「馬鹿《ばか》にしないでいただきたい！　ニーナはいざというときは私より度胸がある。ただ、私のことを心配しているだろうと……無理をしなければいいのだが」

「仲睦《なかむつ》まじくて羨《うらや》ましいことだな。うちのはよし次とか思っとるかもしれん……」

「おお、泣くなオルゲンの。常日頃《つねひごろ》から、父が死んだら次の首長は自分だと娘《むすめ》に確認《かくにん》されるよりはましであろう」

オルゲン国王とグロス首長が互《たが》いを慰《なぐさ》め合っている。バアルがよろめいた。

「エ、エステラがそんなことを言うように……？」

「やめろ。僕も想像だけで世界を滅《ほろ》ぼしたくなる……！」

「落ち着いてください、おふたりとも。うちはエルンストがなんとかしてくれるかな……」

あの、とセドリックが声をあげた。

「いずれにせよ自力で脱出しなければならない状況ですよね。のんびりしていられません。外部と連絡《れんらく》をとる方法か、何か――」

「無事戻《もど》る機会を見極《みきわ》めるためにも、今から起こることをきちんと見るのです、特にあなたはね。ハウゼル女王の父君。あなたの娘の国で起こることなのだから」

マイズ国王にたしなめられ、はっとセドリックが瞠目《どうもく》した。すぐに唇《くちびる》を引き結び、椅子に腰かける。

「キルヴァス皇帝《こうてい》も、あなたの姉君と妃がなすことを、見届ける義務がある。今回の騒動《そうどう》はもともとあなたがたの国の不始末ですからなあ」

「……おっしゃるとおりです。返す言葉もない」

続いてヴィーカも座る。窓の外を見つめたまま、マイズ国王は頷《うなず》いた。

「若い方は素直《すなお》でよろしい。他《ほか》の方々は、何かございますかな」

「年の功だな。よい、どうせ動けぬのだ。何を見せる気か興味がある」

バアルが座り、続いて他の国の王たちも座る。決して諦《あきら》めたからではない。

「しかしあれだ。ひょっとしてキルヴァスのとエルメイアのを差し出せば我らは今からでも交《こう》渉《しょう》できるのではないか？」

「ああ、あり得ますな！　いい案です」

「いざというときは交渉材料にするとしますか」

「だそうだ。世界の平和のため、女王の椅子になる覚悟《かくご》はできたか、クロード、ヴィーカ」

「一度くらいなってみたい気はするな」

「確かに。なれるものならなってみたいですね」

「本気ですか、兄上⁉」

「ただ僕が椅子になる前に妻が飛びこんでくる気がする」

一部の者が口を閉《と》ざした。

腰《こし》かけてみると、意外と座り心地《ここち》のいい、ゆったりした椅子だった。クッションも置いてある。肘掛《ひじか》けに体を傾《かたむ》けようとして、クロードは隣《となり》にいるセドリックの横顔を見た。

「セドリック、すまなかったな。お前を助けられなくて」

「……いいえ。嬉《うれ》しかったので、助けられなくて」

意味がわからず首をかしげると、ほんの少しだけセドリックがこちらを見て微笑《ほほえ》んだ。

「俺はずっと、兄上の横に立ってみたかったので。ここは、そういう場所でしょう」

ゆっくりクロードは目を見開いたあとに、唇をほころばせる。

たとえハウゼル女王の父親になっても弟にはかわりないから、これからの困難を想像すると胸は痛む。また対立する日がくるのかもしれない。けれど、今は窓の外に目を向けて、同じ光景を見つめた。

戴冠式の始まりを告げる、最後の鐘《かね》が鳴った。

空で鐘が鳴っている。

「巫女《みこ》服じゃなくていいの？」

「ああ。ワルキューレの正装のほうが何かあったとき動ける」

ヴェールも取ったカトレアがいつもどおり笑っていることに、なぜかほっとした。

「何かって。何もないわよ、王様たちは観客席に案内したし、軍は動かせないでしょ」

「でも、思ったほど混乱も起きていないだろう。何かしかけてくる国があるかもしれない」

「ないでしょ。ただ……各国が協力して、船を出して、一般人《いっぱん》も乗せてハウゼルから脱出しようとしてるみたい」

「各国が協力？」

王という指導者を失った各国が、我先にと逃《に》げ出すことは予想していた。だがハウゼルの住民たちがすがりつくだろう。一国では住民すべてを乗せられない。自国優先でせいぜい醜《みにく》い争いを起こし、自滅《じめつ》してくれれば手っ取り早かったのだが。

「ロクサネってわかる？　アシュメイルの正妃よ。なんか協力を呼びかけて、他の妃も賛同してるみたい。私も報告受けただけで、見てはいないんだけど……」

「……そうか、乙《おと》レガ3の悪役令嬢《れいじょう》だったな、確か。同じ悪役令嬢なのに、嫌《きら》われ者の私と違《ちが》う展開になったものだ」

「違うって……カトレアは今からハウゼルの女王に……」

「わかってるだろう、ディアナ。私はなれなかった。――すまな」

「やめてよ！」

頭をさげられそうになって急いで止めた。

「やめてよ、そもそも最初からリセットエンドが最善だってわかってたでしょ。だってワルキューレになった時点で詰んだも同然だったもの！　けど、ハウゼルが墜《お》ちたから、ひょっとしたらって……」

現在がゲームと違う展開になっているから、何かゲームと違う『いいこと』があるかもしれないと期待した。でも、やっぱりなかった。それだけ。

「……ふたりで決めたことでしょ。ひとりで謝らないで。今から、またやり直すんだから」

「そうだな、すまない」

肩を叩《たた》かれた。顔をあげると、カトレアが笑っている。

「ふたりで記憶《きおく》を取り戻せてよかった。ひとりぼっちじゃなかった。本当に、唯一《ゆいいつ》の救いだったよ」

「そういうのもやめてよ……今生の別れみたい」

「さあ、行こうか。やり直すんだ」

頷き返し、先に歩き出すカトレアを守るために歩き出す。

そう、やり直すのだ。自分たちを否定するばかりの世界を捨てて。

聖王とふたりの魔王《まおう》から奪《うば》い取った膨大《ぼうだい》な魔力や聖なる力を注ぎ込むことで、海底施設《しせつ》も起動した。『魔槍《まそう》のワルキューレ』終盤《しゅうばん》でも地上に現れた壁《かべ》は、最後は島内にいる者すべての生命力も吸い取って、時を巻き戻す装置になる。聖剣《せいけん》はその起動装置だ。

カトレアが行う戴冠式《たいかんしき》とは、台座に現れたであろう聖剣を回し、時を巻き戻す儀式《ぎしき》だ。

これで世界は生まれ変わる。

台座のある広場へ昇《のぼ》る、階段の前に出た。歓声《かんせい》と一緒《いっしょ》に出迎《でむか》えられる。

ゲームのエンディングで流れる少ない映像や意味深なだけのテキストからわかっているのは、ディアナの故郷が赤い目の魔物に襲《おそ》われる前に戻ることくらいだ。いわゆるゲームのオープニング直前、前日あたりか。しかし最後、赤い目の魔物になる前のヴィーカを見つけて走っていく描写《びょうしゃ》や、ヴィーカとはぐれたカトレアやエルンストをさがす台詞《せりふ》には、ディアナが記憶を持ったまま時を翔《かけ》たことを示唆《しさ》していた。

実は、ディアナは故郷を襲った赤い目の魔物は見ずにワルキューレになっている。『聖と魔《ま》と乙女《おとめ》のレガリア』からの影響《えいきょう》だろうが、そこも修正されるだろう。

だから大丈夫《だいじょうぶ》だ。次はワルキューレにならない人生を歩める。カトレアだって手術前に出会えば、ワルキューレになる前に止められる。そして、今度こそうまく——カトレアの記憶はないのかもしれないのに、たったひとりで、自分にできるのか。

階段をのぼる足が止まった。先を行くカトレアに気づかれなかったのは、歓声や拍手《はくしゅ》だった周囲の音が、ざわめきに変わったからだ。

都合がいいもので、戦場で慣れた体はすぐさま敵襲《てきしゅう》を想定して身構える。

島の周囲は、壁に囲われている。キルヴァスで自分たちを閉じこめていた、魔術のかかった壁だ。侵入者《しんにゅう》があれば知らせてくれる。だが、警報が鳴っている様子はない。

「──上だ！　あれ。魔物が人を……」

皆《みな》より少し上段にいるディアナには、はっきり識別できた。

カラスの魔物たちにつかまれ、人間が壁を乗り越《こ》えてくる。この壁の魔術は魔物を出すことは許さないが、魔物が入ってくることは拒《こば》まない。

（でも、ただの人間は入れないはず……）

カラスの魔物たちが人間を離《はな》した。全員男だ。どこかで見覚えがある気がして、あっとディアナは声をあげる。

ワルキューレの手術で魔物に転化してしまった男たち。

魔物になれる人間──キルヴァスの魔族だ。

上空で人間から姿を変えた魔物が、壁を踏《ふ》み潰《つぶ》した。キルヴァスの壁ほど頑丈《がんじょう》に作られていない壁が魔物の体重で押しつぶされ、崩《くず》れる。

人間の出入りが可能になってしまった。待ち構えていたように各国の兵が一斉《いっせい》になだれこんでくる。

「俺は君を止める、カトレア！」

「エルンスト……っ！」

壁の縁《ふち》に降り立った男にカトレアが唸《うな》る。ディアナは咄嗟《とっさ》に振《ふ》り返った。無力を噛《か》みしめなから見ているがいい――そう思って観客席に放《ほう》りこんだヴィーカと、真っ先に目が合う。まるでずっとディアナを見ていたみたいだ。

ヴィーカが目を細めて笑《え》む。いつものあのへらへらした笑みではない。こちらを見下し、支配しようとする魔王の笑みだ。獲物《えもの》を狩《か》りにかかる男の目つき。ざわっと鳥肌《とりはだ》が立つ。悪寒《おかん》ではない、高揚《こうよう》だ。

「カトレア、先に行って！」

「ディアナ、まかせた！」

「行かせるか！」

エルンストが叫《さけ》び、見知った魔物たちがまるで指示を受けたように足を踏みならして地面を揺《ゆ》らす。

ワルキューレが使えなくなって、今度は魔物を兵に使い出したのか。勝手なやり口にわきあがったのは、なぜか怒《いか》りではなかった。唇《くちびる》が知らずゆがむ。

胸に手を当てる。体に埋《う》めこまれた神石が呼応して、魔槍が手に現れた。

「ワルキューレ、いつもどおりよ！　魔物を殺せ！」

ワルキューレになどなりたくなかった。自分たちは犠牲者《ぎせいしゃ》だ。戦いに出ぬ男たちの。椅子《いす》に座っているだけの為政者《いせいしゃ》たちの。ワルキューレなんて、敗北者の証《あかし》。

「私たちを利用し、搾取《さくしゅ》するだけの世界を許すな!!」

でも、手にした魔槍は一度も折れたことはない。

やはり魔物は聖剣には近づかない。上空からおりてくるのは、壁の周りばかりだ。ドレスを脱《ぬ》いでよかった。本来なら海底施設の深層に位置する台座をめざし、カトレアは階段を駆《か》け上がる。怒号《どごう》と悲鳴が絶え間なく続く中、横から衝撃《しょうげき》がきた。ゆれる階段によろめいたカトレアは、犯人に目を細めた。

「イレーナ……！」

かつての先輩《せんぱい》、カトレアたちから離反《りはん》したワルキューレたちだ。彼女たちの魔槍は神石をはずし使い物にならなくしたはずだが、どうやったのだか修理したらしい。ちょうど壁のほうから魔槍で攻撃《こうげき》された。

「お久しぶりじゃないかい、カトレア。ディアナもいるね」

「私たちに顔がわれてるあなたがきているとは思いませんでした」

「ああ、ついさっきまで国にいたさ。キルヴァスをあけるわけにゃいかないからね。少人数だけどぶっ飛ばしてきたよ。いやあ、転移って便利だねぇ」

「転移なんて魔王か聖王くらいしかできな……っ！」

突然《とつぜん》正面に現れたフード姿の男に、カトレアは地面を蹴《け》る。さっきまでいたところが魔力で爆発《ばくはつ》した。階段の一部がえぐり取られ、崩落《ほうらく》していく。

反射で魔槍を出したカトレアが着地するなり、両側から銃弾《じゅうだん》が飛んできた。切り捨てるとあがった爆煙《ばくえん》を吹《ふ》き飛ばす勢いで、蹴りが飛んでくる。また左右両側からだ。魔槍の柄《つか》で受け止め、目を細めた。

「……名もなき司祭か」

「今は魔王の護衛だよ。ウォルト・リザニス。いい加減、クロード様以外のことも覚えてもらえるかな。あ、こっちはカイル・エルフォードね」

「クロード様を返してもらう」

「いましたよ、台座の向こうにある壁の部屋です。でも相当の力じゃないと壊《こわ》せませんね、あれは。下手に解放しようとしても消耗《しょうもう》するだけです」

上空からクロードたちを閉じこめている部屋を見ているフードの男も、見覚えがある気がする。でも、どこだったか。

ぱっと三人が振り向いて離散《りさん》した。崩落した階段を跳《と》び越えてきたディアナが、カトレアの横に着地する。

「あれ、乙《おと》レガ1のＦＤ《ファンディスク》のラスボスじゃない？　エレファス・レヴィ」

名前に聞き覚えだけはあった。

「さすがクロード様だな。1のキャラだけならまだしも、2の攻略《こうりゃく》キャラもＦＤのラスボスも部下にするなんて。3のラスボスは友人らしいし」

「……。ねえ、カトレア。いくらなんでもおかしいよ。いくらゲームの世界だからって、こんなにゲームキャラが集まる？」

珍《めずら》しく慎重《しんちょう》なディアナの意見に、つい、真顔になった。

「しかも、攻略キャラだけじゃない。ヒロインも、悪役令嬢《れいじょう》まで知り合いが多すぎない？」

「ヒロインが失敗したとすれば、皇后と正妃《せいひ》が知り合いなのは不自然じゃない」

「でもその皇后に2の悪役令嬢が仕えてるのよ。本当に、全部偶然《ぐうぜん》なの？」

「……偶然じゃないとしたらなんだ」

「わからない。わからないけど、ひょっとしたら……っ」

体勢を整えた魔王《まおう》の部下が襲《おそ》いかかってきた。舌打ちしたディアナが応戦し、カトレアも魔《ま》槍《そう》で魔力弾《まりょくだん》を叩《たた》き落とす。瞬間《しゅんかん》、上空で羽ばたきが聞こえた。

カラスの群れだ。魔物が聖剣《せいけん》に向かうなんて、魔王の命令でもない限りあり得ない。

しかも、カラスたちの魔物の群れに乗って金髪《きんぱつ》をなびかせる女は。

「……っアイリーン・ローレン・ドートリシュ!?」

なぜかわからないが、見逃《みのが》してはならないと確信していた。魔槍を握《にぎ》り直し、投擲《とうてき》する。

本気の攻撃だ。咄嗟に張られたエレファスの結界も貫《つらぬ》く。魔物たちが散開し、落下するアイリーン目がけて魔槍が空を奔《はし》った。

「もーアイリーン様ったら、これは貸しね！」

魔槍を上空から一閃《いっせん》で叩き落とす影《かげ》があった。衝撃に耐《た》えきれなかったのか、手に持っている剣身が蒸発していく。だが、魔王も縫《ぬ》い止める本気の魔槍の攻撃をふせがれたのだ。見開いた目の中で、菫色《すみれいろ》の瞳《ひとみ》で女が笑い返す。

「リリア・レインワーズ……っ」

声も驚《おどろ》きも、何もかもが広場の輝《かがや》きに呑《の》まれた。

目を焼く光に向かって、カトレアは走った。ディアナもだ。

広場の台座には、聖剣がある。自分たちがすべてをやり直すための、救いの鍵《かぎ》が。

「……あら、カトレア様。ディアナ様」

広場にあがりきると、光はやんでいた。奥の壁《かべ》には、クロードたちがいる。どんな顔でここに昇《のぼ》ってくるカトレアを見るのか、楽しみだった。

けれどもう、クロードの姿など目に入らない。

「どうしましょう。綺麗《きれい》だなと思ったのでつい触《さわ》ってしまったら、光が消えてしまって……」

「あんた……っ」

追いついたディアナは憤怒《ふんぬ》の形相だ。

乾《かわ》いた風が吹く。輝きをなくした聖剣に無遠慮《ぶえんりょ》に触《ふ》れた女が、振り返った。

「わたくしったら、また何かしてしまいましたかしら？」

赤い口紅を引いた唇で、女が不敵に笑う。

まさに、悪役令嬢と呼ばれるにふさわしい悪魔《あくま》のような微笑《びしょう》だった。


アイザックの立てた策は単純だ。まずありったけの戦力を集める。島を囲んだ壁はキルヴァスの壁と同じか劣化《れっか》版と予想をたて、魔物が入れることを確認《かくにん》する。あとは早かった。エルンストが兵としてつれてきた魔族をアーモンドたちに運ばせ、壁をまず物理的に壊す。あとは各国から借りた兵たちに突《つ》っ込ませ、場を攪乱《かくらん》する。エルンストは現場の指揮だ。

そして魔王の護衛たちがディアナとカトレアの足止めをしている間に、アイリーンがアーモンドたちに運ばれて、聖剣に触れるはずだった。

「やっぱり私が助けてあげないと駄目《だめ》なんだから、アイリーン様ってば」

こちらをにらんでいるカトレアもディアナも気にせず、リリアが横に並ぶ。ぴくりと眉《まゆ》を動かしたアイリーンは腕《うで》に抱《だ》きついてこようとするリリアの手を振《ふ》り払《はら》った。

「あらリリア様、ごきげんよう。ワルキューレたちに助けを求めるのはおやめになったの？」

「え？　私が？　ワルキューレに？　なんで？　そんな必要あった……？」

「本気で忘れてるわね……！　あなたはカトレア様たちに謝るべきだと思うわ」

「えーアイリーン様だって猫被《ねこかぶ》ってだましてたじゃない、謝らなくていいの？」

「わたくしは勘違《かんちが》いを放置したのよ。あなたみたいに積極的にやってないわ」

「屁理屈《へりくつ》」

「あなたに言われると心底腹立つわね！」

「わかったわ、アイリーン様がそう言うなら謝るわよ。ごめんなさーい、てへ☆」

「……つまり、あなたがたは最初からグルだと」

カトレアの静かな声が響《ひび》いた。アイリーンは嘆息《たんそく》し、向き直る。目配せで、背後にいる魔王の臣下たちは下がらせた。魔物ももちろん近づかないよう厳命してある。

「ここまでよ、カトレア様、ディアナ様。もう、やり直しはできない」

「聖剣が『聖と魔と乙女《おとめ》のレガリア』の聖剣になっちゃったらねえ」

「あんたたちも、記憶《きおく》が……」

笑ったリリアに、ディアナが悔《くや》しげに口を閉《と》ざす。かわりに、カトレアが顔をあげた。

「それがあなたの本性《ほんしょう》か、アイリーン・ローレン・ドートリシュ」

カトレアは、笑いとも憎悪《ぞうお》ともとれぬ奇妙《きみょう》なゆがみを口の端《は》にのせている。アイリーンは優《ゆう》雅《が》に微笑み返した。

「わたくしはアイリーン・ジャンヌ・エルメイア。クロード様の皇后で、魔王の妻よ」

「なるほど、私はずいぶん思い違《ちが》いをしていたようだ。どうりでうまくいかないわけだ。キルヴァスでも――行方《ゆくえ》不明のヴィーカと一緒《いっしょ》にいたのはあなたか？」

「そんなこともあったかしら」

「ヒロインと悪役令嬢が仲良く笑い合う世界なんて、うち以外ないだろうと思っていたよ」

「勘違いしないでくださる」

両腕《りょううで》を組んだアイリーンは、じろりと隣《となり》に立つリリアをにらんだ。

「わたくし、リリア様と仲良くなった覚えなんてなくてよ」

「そうねえ。私もアイリーン様から仲良しよねとか言われたら……気持ち悪くて吐《は》く」

「ちょっと失礼じゃないかしら!?　一応、親族よ今！」

「……お気楽なゲームに生まれたキャラは、お気楽でいいわね」

ディアナのつぶやきに、リリアがすぐさま微笑み返した。

「鬱《うつ》ゲーに生まれたキャラは、負けた言い訳を設定のせいにできていいわね」

何か別の戦いが始まってないか。喉《のど》が鳴りそうになった。

「私たちはまだ負けてない。聖剣は取り返せばいいだけのことだ」

落ち着きを取り戻《もど》したのか、カトレアが姿勢を正す。

「あなたたちを侮《あなど》っていたことは認める。だが、魔王も斃《たお》さず、聖剣の乙女としての役割も果たさず、ぬるま湯でやってきたあなたたちと、ずっと戦ってきた私たちでは根本から違う」

魔槍をくるりと回し、カトレアは槍《やり》先をアイリーンに向けた。

「こちらの聖剣は、時を戻すエネルギーの塊《かたまり》だ。聖剣の素《もと》ではあるだろう、けれど聖剣ではない。聖剣は聖剣の乙女から生まれるもの。アイリーン様、確かにあなたは聖剣の乙女の血を引くが、聖剣の乙女ではない。聖剣を生む能力はないはずだ。聖剣の乙女の役割を果たさなかったリリア様も同じだ」

説得力のある考察だ。リリアも口を挟《はさ》まず聞いている。

「この魔槍はその聖剣とつながっている。ならば魔槍に吸わせて、元に戻せばいいだけのことだ。人数も同じとなれば、私たちのほうが優勢だろう」

「言っておくけど手加減はしないわよ。さっきの聖剣の模造剣も壊れたみたいだし、痛い目みる前に降参すれば？」

ああ、とリリアが手に持ったまま、柄《つか》だけしか残っていない武器を見つめる。

「やだーそうだったわーどうしようー」

「棒読みしないで。残念ですわ、カトレア様。まだおわかりいただけません？　わたくしたちは、あなたたちを少しも侮ったことはないんですのよ」

かつ、と踵《かかと》を鳴らし、一歩前に出た。そっとリリアが持つ柄に手を伸《の》ばす。

「リリア様、あなたもそうでしょう。でなければ救国の乙女の血を吸い、神の娘《むすめ》の修繕《しゅうぜん》力を持った武器を持って、わざわざここにきたりはしませんわよね？」

「もちろん。私は勝つ勝負しかしたくないもの」

そっとアイリーンの指先から、柄に聖剣の素とやらを流し込んだ。瞬間、柄が光の粒《つぶ》に変わっていく。カトレアが眉をひそめた。

「救国の乙女？　神の娘……まさか」

「あのアメリア・ダルクが、他《ほか》に聖剣《せいけん》を残しているなんておかしいわよね。でもこう考えればわかる。結局、本物の聖剣の乙女──私が使えるなら、彼女の未来には矛盾《むじゅん》しない」

アメリアの名前に目を白黒させている彼女たちは知らない。

アイリーンたちの今までを。

「あるいは、やっぱり本物じゃないのかもね。でも、『魔槍《まそう》のワルキューレ』のヒロインと悪役令嬢《れいじょう》が向かってくるなら、全力で迎《むか》え撃《う》つのが礼儀《れいぎ》ってものでしょ。だって『聖と魔と乙女のレガリア』を潰《つぶ》しにかかってきてるゲームなんだもの。──だから、アイリーン様。今回だけ、特別だからね」

「恩着せがましく言わないで」

向かい合ったアイリーンとリリアは、互《たが》いに手を伸ばす。

カトレアの推察は正しい。『魔槍のワルキューレ』の聖剣のままでは使えないだろう。

だが神剣を復活させる神の娘が修復し、聖剣の力を増幅《ぞうふく》させる救国の聖女の血を借りれば。

あるいは、愛する夫を助けるためなら。

人を生き返らせることだってできるご都合主義のゲームでは、簡単に筋が通る。

「……っまさか、模造から聖剣になるのか⁉」

「二本⁉」

互いに、互いの胸から聖剣を取り出した。輝《かがや》くふたつの剣先を交差させ、カトレアとディアナに向ける。

「卒業したつもりだったのよ？　でも特別に相手にしてあげる」

「――ヒロインと、悪役令嬢がね」

きっと世界でふたりきり、さみしかっただろうから。

両目を見開いたカトレアとディアナの瞳《ひとみ》に、生命に似た輝きが反射する。

さあ、ヒロインと悪役令嬢の卒業式だ。


爆煙《ばくえん》で窓の外が埋《う》まった。

いつの間にか全員が立ち上がって窓の外を食い入るように見ている。クロードもアイリーンが広場に飛びこんできたあたりで立ち上がってしまった。

（くる気はしていたが）

まさか聖剣を持って真っ向からワルキューレに勝負を挑《いど》むとは。

どさりと音を立てて腰《こし》を落としたセドリックが、両手で顔を覆《おお》って唸《うな》る。

「リリア……俺がここにいるのに気づいていないのでは……？」

「そんなことはない、セドリック。きっと気づいている。アイリーンもだ」

魔王《まおう》と聖王の力を吸った部屋が衝撃《しょうげき》で揺《ゆ》れた。あちこちで光の爆撃《ばくげき》が起こるたび、窓の向こう側が爆煙で埋まる。何が行われているのか想像したくない。たとえ目の前の現実でもだ。

ヴィーカが周囲を見回した。

「本当に脱出《だっしゅつ》しなくて平気なんでしょうか」

「むしろ脱出するほうが巻きこまれて死ぬ気がしますね、私は」

「こうなったら腹をくくって観戦に徹《てっ》しましょう、我々は」

「女の戦いに男は出ていかんほうがいいと言うしな！」

各自、他人事《ひとごと》だと思って好き勝手言っている。

開き直ったのか、バアルが横に座り直した。

「まあ……あれだ。モテる男はつらいな、クロード」

「かわってくれ」

「断る」

クロードも座り直して、肘掛《ひじか》けに体重を傾《かたむ》けた。こうなったら見守るしかない。

どういうことだ。歯噛《はが》みしたい思いで、ディアナは飛び上がった聖剣の乙女《おとめ》をにらむ。

出会ったとき、大した魔力も感じなかった。聖王ほどの圧も感じなかった。ただ聖なる力を示す菫色《すみれいろ》の瞳が印象的だったくらいだ。

ああ、聖剣の乙女になり損《そこ》ねたヒロインだ。そう納得《なっとく》してしまうような、そんな程度の女だったのに、空気を振動《しんどう》させるようなこの圧はなんだ。

支柱の上を平気で飛び交《か》う動きも、魔槍を受け止め弾《はじ》き返す剣さばきも、とても素人《しろうと》のものではない。右手にずっと輝くのは聖剣——あれのせいだ。あれが尋常《じんじょう》ではない戦闘《せんとう》能力を引き出しているのだ。

「これだからご都合主義のゲームは嫌《きら》いなのよ！　努力もしないで！」

「いいじゃないご都合主義。私は大好き」

「あんたみたいなヒロインがまかり通るから、乙女ゲームは馬鹿《ばか》にされんのよ！」

苛立《いらだ》ちまかせに槍先を振《ふ》り払《はら》う。笑いながらリリアは飛んであとずさった。

「そういう言い方はどうかしら。こっちだって大変よぉ、攻略《こうりゃく》キャラの趣味《しゅみ》を覚えてプレゼント選んで服装も変えて選択肢《せんたくし》を考えてパラメーターも気をつけて。そのままでいい幼稚《ようち》なあなたたちと違《ちが》うの」

「幼稚⁉」

かっとなってしまったが、そのままの自分でいられるのはいいことのはずだ。だがリリアは嘲笑《ちょうしょう》を隠《かく》さない。

「ねえ、『魔槍のワルキューレ』って一作でＦ Ｄ《ファンディスク》も出なかったわよね。売れなくて」

「……っ何よ、今、関係ある!?」

「大ありよ、だってあなたたちは世間から嫌われがちなキャラ属性ってことじゃない？」

喉に言葉が詰《つ》まった。

「ヒロインのディアナは信念を持った高潔ヒロイン、はっきりした物言いで皆《みな》を導く媚《こ》びない強さを持つ、だっけ？　ひょっとして真に受けちゃった？　だから自分もそのままで好かれるとか勘違《かんちが》いしちゃった？　あんなの、現実じゃただの自己陶酔《とうすい》アイタタキャラじゃない！　みんながドン引きして黙《だま》ってるのを勝ったとか思っちゃう、空気読めない子！」

「私がそうだって言うわけ!?」

「そうよ！　いつも悲劇のヒロイン、許せないって怒《おこ》って戦って火種をばらまくだけ！　相手を責めるばっかりで妥協《だきょう》策も解決策も見出《みいだ》せない！　でも頑張《がんば》ってるつもりの相手を批難したら可哀想《かわいそう》でしょ？　だからみんな遠巻きにするの。世間はあなたと違って大人よね」

聞くな。こちらの神経を逆撫《さかな》でしてミスを誘《さそ》うための煽《あお》りだ。

でも誰《だれ》にも言われたことのない言葉は、剣戟《けんげき》よりも早く胸に刺《さ》さる。

「ゲームもそうよねえ！　単なる乙女ゲームではない、他と一線を画す、高尚《こうしょう》な、売れ線に媚びない、他になんだったかしら。あらごめんなさい、ファンだった？　実は方便だって気づかなかった？　ほら、今のあなたたちとそっくり！　駄目《だめ》よぉ、現実みなきゃ！」

「──あんたよりマシよ！　男に媚びを売るだけの、どこにでもあるくだらないゲームのヒロインよりは！」

「だったら甘えないでくれる？」

すっと声も姿勢も低く、リリアが懐《ふところ》に斬《き》り込んできた。

「本当にやり直せば全部うまくいくと思ってるの？」

「──っ！」

受け止めた魔槍ごと、広場の床《ゆか》に沈《しず》められた。名前を呼ぶ声が聞こえるが、カトレアもアイリーンに阻《はば》まれている。

首元に迫《せま》る剣身《けんしん》を押し返す。目の前で散る火花は、魔力か聖なる力か。

「あんまりがっかりさせないでくれるかしら、ヒロイン。私『魔槍のワルキューレ』も好きだったのよ？」

「あんたに、何がわかるって言うのよ……っ」

「わかるわけないでしょ。でも、少なくとも今まで私が会ったヒロインは、失敗しても負けてもどれだけ惨《みじ》めなことになっても、全部なかったことにしようなんて甘えたことは言い出さなかった。ねえもう一度聞くわ、ディアナ・ネラソフ」

はっきりと目と目が合った。皆が愛想《あいそ》笑いを浮《う》かべ、あるいは気まずそうにそらすディアナの視線から、この女は逃《に》げない。カトレアのように。小言ばかりのエルンストのように。視線をそらすなんてことを考えもしない、間抜《まぬ》けなヴィーカのように。

「本当にリセットエンドで、あなたは幸せになれる？」

答えられないのは、上から迫る聖剣《せいけん》を押し返そうとしているからだ。言い返せないからじゃない。

「ここで逃げ出す人間が、いったい何をやり直すっていうの？　ワルキューレの能力も立場もなくして、一緒《いっしょ》に戦ってくれる仲間もなくしたあなたに、何が変えられるって？」

「う、る――うるさい、うるさいうるさいうるさいうるさい！　じゃあどうすればよかったっていうのよ！」

力任せに、聖剣ごと女を弾き飛ばした。

「気づいたらワルキューレで！　守ってたものも全部嘘《うそ》で！　倒《たお》しても幸せになれる敵はいなくて！　どう考えてもお前たちはいらないって言われる未来がわかってて、どうしたらよかったの！」

空中で体勢を整えたリリアがどんな顔をしているのか見えない。視界がぶれている。

でも狙《ねら》いははずさない。

「答えてみろ、聖剣の乙女!!」

「自分は弱いから助けてって言えばよかったのよ」

まっすぐ飛んできた魔槍《まそう》を、聖剣が正面から受け止めた。見開いた両眼の中で、魔槍が弾き飛ばされる。

「虚勢《きょせい》を張る自分を変えればよかったの。――あなたは、革命の花嫁《はなよめ》なんだから」

「……っそんなものに」

なれたら。なれたらどうなっていただろう。

目の前に聖剣が迫ってくることもなかっただろうか。

「ディアナ！」

眼前で魔力が輝《かがや》いた。カトレアが持つ魔槍に聖剣を跳《は》ね返され、リリアが距離《きょり》を取る。

「ちょっとぉアイリーン様！　ちゃんとそっちで押さえててよ、困るわ」

「それはこっちの台詞《せりふ》よ！　閉じこめられてるクロード様たちを助けないと……！」

「そんなのあとでいいじゃない」

「あなたの夫もいるのよ!?」

「え、いた？」

「気づいてあげて！　お願い、わたくしセドリック様には同情したくないの……！」

「大丈夫《だいじょうぶ》か、ディアナ」

カトレアに覗《のぞ》きこまれ、ぎこちなく頷《うなず》く。カトレアの魔槍の輝きはいつも綺麗《きれい》だ。泣き出したくなるくらいに。

「すまない、私の認識《にんしき》不足だ。あのふたりは強い。でも私たちが全力でいけば大丈夫だ」

全力。ワルキューレの全力は生命を燃やし尽《つ》くして魔槍の威力《いりょく》をあげることだ。もちろん、ただではすまない。悲しくて美しい物語だから、そういう設定になっている。

でも、カトレアはここで死んでもいいと思っている。やり直せるから。

喉《のど》が鳴った。わななく唇《くちびる》を動かす。

「カトレア」

「君は身を守ることを最優先にしてくれ。巻きこまれてはいけない。私が相手をする」

「カトレア、待って」

「――そしてやり直すんだ。君ならできる」

「できない！」

叫《さけ》んだディアナに、カトレアから笑顔《えがお》が消えた。

「できない、私にはできないカトレア！　ひとりで……ひとりぼっちで最初に戻《もど》ったって、なんにもできない」

「ディアナ、落ち着い――」

「今のままじゃまた同じことになるだけだよ！」

どれだけ訴《うった》えても誰も何も聞いてくれず、結局相手を打ち負かすだけ。ディアナはそのやり方しか知らない。ゲームの彼女も、戦いしかできないと苦しんでいたように。

「かん、考えよう、カトレア。ふたりで。まだ、今ならまだふたりだから！　間に合うかもしれないから、だから」

今、遠くでリリアとアイリーンのふたりがこちらを待ってくれているように、誰かいるかもしれない。ちゃんと見回せば、本当は。

「……ディアナ」

両肩《りょうかた》をつかまれた。

「今は混乱してるだけだ。大丈夫。私は君がやり直してくれるだけで、救われるから」

「どうして!?　だってカトレアだって、何も覚えてないかもしれないのに」

「可能性でいいんだ」

そう言ったカトレアの目が少し、上にあがった気がした。背後にあるのは壁《かべ》だ。各国の要人を閉じこめている壁の部屋——カトレアが誰を見たのかわかってしまった。

自分では駄目だ。

力なく、ディアナはへたりこむ。カトレアは肩《かた》を軽く叩《たた》いて、立ち上がった。

槍《やり》を構えたカトレアに応じるように、アイリーンが前に出る。

「手を出さないで、リリア様。あなたの相手はディアナ様でしょう」

「んー、いいわよ」

「余裕《よゆう》ですね、アイリーン様」

「余裕じゃないわ。この聖剣、本物ほどの力は出ないみたいだし。嫌《いや》ね、まだ年を取ったなんていう年齢《ねんれい》じゃないんだけど」

「全年齢のゲームだもの、しょうがないんじゃない？　最盛期じゃないのは」

あれが最盛期の力ではないのか。ぞっとする反面、希望が芽生えた。

ひょっとしたら、カトレアを止めてくれるかもしれない。

アイリーン・ローレン・ドートリシュはカトレアと同じ、悪役令嬢《れいじょう》だから。

「いつだって今が最盛期ですよ」

「素敵《すてき》な考え方ね。でも手加減はしない。わたくしなりのお礼のつもりなの」

聖剣を持ち、悪役令嬢が微笑《ほほえ》んだ。

「だってあなた、わたくしの夫に横恋慕《よこれんぼ》する悪い女でしょう？」

カトレアは答えず、口元をゆがめ、戦場の床を蹴《け》る。

ディアナの手にはもう届かない遠いところで、魔槍と聖剣がぶつかった。


動きは素人《しろうと》だな、というのがカトレアの判断だった。

ゲームの仕様を考えれば当然だ。『聖と魔《ま》と乙女《おとめ》のレガリア』はパラメーターはあるがあくまで定番の乙女ゲームの作りで、戦闘《せんとう》はパラメーターが足りるかどうかで勝敗が決まるただのイベントだ。キャラを強くする概念《がいねん》もなく、レベルもない。対する『魔槍のワルキューレ』はレベルがあり、攻略《こうりゃく》マップも戦闘もある。だいぶSRPGに近い作りなのだ。

だから鍛《きた》えた分だけ、カトレアもディアナも強い。単純な強さで負けるわけがない。

だが、聖剣がすごい。使い手の身体能力をあげる——使い手の思うとおりに聖剣が使い手を動かしているのかもしれない。思考の現実化だ。だから動きが予測しづらい。

だが慣れてしまえば。

「っ！」

そこだ、と思った位置にやはりきた。槍で動きを阻《はば》まれたアイリーンが、うしろにさがる。

だが魔槍の範囲《はんい》内だ。スカートの裾《すそ》を、切り裂《さ》いた。間一髪《かんいっぱつ》よけたのは勘《かん》だろうが、悪くない。防御《ぼうぎょ》に回るより、攻《せ》めに出てくるところもだ。

「場慣れはしてらっしゃるようだ。一方的は心が痛みますからね」

「そのわりには楽しそうに見えますわよ。わたくしをクロード様の前でこてんぱんにできるからかしら？」

「よくおわかりで」

笑ってしまった。もう隠《かく》す必要もない。

「あなたも私が目障《めざわ》りだったのでは？」

「あら、そんなことありませんわ。クロード様が魅力《みりょく》的なのは今に始まったことではありませんもの。ご自分だけがまるで特別みたいに思うのは、傲慢《ごうまん》ですわよ」

つける。

聖剣《せいけん》を魔槍の柄《つか》で受け止めると、刀身が嫌な音を立てて滑《すべ》ってきた。咄嗟《とっさ》に下向きに押さえつける。

下向きに逃《に》がした力が、広場の床《ゆか》を円形にへこませた。爆音《ばくおん》と煙《けむり》があがり、下からの風に髪《かみ》が噴《ふ》き上げられる。

「あなたを最初から警戒《けいかい》しなかったことが、つくづく悔《く》やまれますよ。うらやましさに目がくらんだばかりに、反省してます」

「あら、あなたの人生もそう捨てたものではないと思いますわよ」

「戯《ざ》れ言を！」

この女の持っている立場に、肩書《かたが》きに、生まれに。自分がそこにいればと、どれだけ思っただろう。

怒《いか》りにまかせて、力をこめる。聖剣の切っ先が地面に沈《しず》み、広場に亀裂《きれつ》が入った。

「もしあなたが私の立場だったなら同じことは決して言えない！」

「――もし、わたくしがあなたの立場だったら」

ばりばり、周囲が音を立てている中で、そのもしもはやけにはっきり聞こえた。

「少なくとも、ディアナ様にすべてを押しつけようとは思いませんわ」

両目を見開く。一瞬《いっしゅん》の隙《すき》を見計らったように、聖剣が下から撥《は》ね上がってきた。衝撃《しょうげき》を受け流せずに、打ち上げられた体が宙に舞《ま》う。

「悪役令嬢ですもの。ヒロインなんて信じられないのは理解できますのよ？」

「……っ私はディアナをそんなふうに思ったことはない！」

「でも、さすがにヒロインを使い捨てにする悪役令嬢はどうかしら。真実の愛に目覚めて悪役令嬢を捨てるヒーローより外道《げどう》ではなくって？」

宙で体勢を整えると、下で待ち構えているアイリーンの姿が見えた。

「あなたは聡明《そうめい》な方です。ええ、クロード様が一目置くほどに。そんな方が、今の状況《じょうきょう》をおさめる方法が本当にわからないものかしら」

「……黙《だま》れ」

「あなた、本当はヤケになっているだけでしょう。何もうまくいかず、クロード様にも認めてもらえず。だから本当はやり直すとか、どうでもいいんでしょう？」

同じように自分を見あげているはずの、親友を見られない。

「ディアナ様にすべて押しつけて、自分だけ逃げる気なんですのね」

「黙れ」

「今、ここで、クロード様に惨《みじ》めな姿を見せたくないばっかりに」

「黙れ!!」

胸に埋《う》めこまれた神石に、魔槍《まそう》が呼応して魔力を放出した。生命が光るとすれば、こんなふうに輝《かがや》くのだろう。

魔槍を持ち直し、ありったけの力をこめて振《ふ》り下ろした。

下から打ち向かえた聖剣とぶつかって、衝撃波《しょうげきは》が飛ぶ。

みしり、と音を立てて聖剣にひびが入る。カトレアは笑った。

どんな言葉を振りかざそうが、勝者がすべてだ。勝たなければ、何もなせない。

「返してもらう、私たちの聖剣だ！　そんなに都合よくあなたたちの聖剣にはならない、たとえゲームでも！」

「――そうね、この聖剣はわたくしたちのゲームの聖剣ではない。でも、わたくしたちの聖剣は愛で強くなるの」

何を、と言い返そうとした言葉が、別方向からの爆音に遮《さえぎ》られた。視線だけを動かしたカトレアの手から、一瞬力が抜《ぬ》ける。クロードたちを閉じこめた壁だ。それが今、壊《こわ》れた。聖王と魔王《まおう》も一緒《いっしょ》に閉じこめられる、ハウゼルの中でもとびきり強固な場所だった。壊すなんて不可能に近い。

そう、ゲームのように、本気になったディアナが振るう魔槍でなければ。

風に流れた黒煙《こくえん》の中から、背中が見える。見間違《みまちが》えようがなかった。いつだって魔物に真っ先に立ち向かう、勇敢《ゆうかん》なヒロインの姿。何度も互《たが》いに預け合った、親友の背中。

「ディアナ!?　どうして」

「あなたにクロード様はわたさない。後悔《こうかい》も残させない、かけらだって」

間近で響《ひび》いた声に、意識を引き戻《もど》した。

ここで魔王や聖王まで相手にできない。負ける、という言葉が脳裏《のうり》をかすめた瞬間《しゅんかん》、魔槍にひびが入った。

見開いた目の中に、輝きを増した聖剣が映る。

「——わたくし、意外と嫉妬深《しっとぶか》い女なの」

金色の髪をなびかせ、強い瞳《ひとみ》と唇《くちびる》で笑った女が、ドレスの裾を翻《ひるがえ》し、踵《かかと》の高いヒールを床に沈めて、カトレアを吹《ふ》き飛ばす。

（クロード、さま）

見ているだろうか。そう思って視線を動かす。だが視線の先をアイリーンがふさいだ。

笑ってしまう。自分でもそうするだろう。

視界にも入れてやらない——誇《ほこ》らしいことのような気もした。

もう一撃《いちげき》、今度はまともに正面から攻撃《こうげき》が入った。魔槍が粉々になって消える。ディアナが叫《さけ》んだ気がした。ああ、せめて謝りたい。伝えたい。

ディアナがいてくれて本当によかった。それだけは、嘘《うそ》じゃなかった。

支柱に背中が激突《げきとつ》する。血を吐《は》き出した。すかさずこちらに剣を振りかざす影《かげ》が見える。自分はまだ立たねばならないだろうか。

いや、意外とこれでいいのかもしれない。

悪役令嬢《れいじょう》は断罪されるのが役目だ。やっと役目を果たせるのだと思えば後悔もない気がして、目を閉じる。

甲高《かんだか》い音がした。目が覚めるような、澄《す》んだ音だった。

驚《おどろ》いて目をあけたカトレアは、広がる光景が信じられずまばたく。

聖剣が、カトレアの頭上で受け止められていた。魔槍でさえない、ただの槍《やり》に——ひとりの男が握《にぎ》っているだけの、槍に。

「……エルンスト……」

「どういうおつもり？」

聖剣を引かぬまま、アイリーンが目を細める。積極的な攻撃の意思はないだろうが、手加減しているわけではないだろう。なのにエルンストが持った槍は動かない。

「アイリーン皇后陛下、彼女の処遇《しょぐう》は我が国にまかせていただく」

「ここまでのことをしでかした張本人よ。キルヴァスが彼女の責任を取るとでも？」

「当然だ」

エルンストは迷わなかった。こちらを見もしないけれど、カトレアを背にかばい、聖剣の前に立っている。

「彼女はカトレア・ツァーリ・キルヴァス。皇帝《こうてい》ヴィーカの姉であり、我が国が生んだワルキューレだ。我が国は最初からずっとそう主張している」

聖剣のおそろしさがわからないわけでもないだろう。

でも、エルンストは一歩も引かない。まるでゲームのヒーローみたいだ。

「……なるほどね。いいでしょう、聖剣もここまでのようだし」

アイリーンの手から聖剣が光の泡《あわ》になって消えた。まるで役目を終えたようだ。

「二度とクロード様に近づかせないで。それが条件よ」

「もちろんだ。──感謝する、陰《かげ》の総司令官殿《どの》」

「あなたには貸しを作っておいたほうがよさそうだもの」

笑ったアイリーンが手を軽く振り、踵《きびす》を返して立ち去っても、エルンストはこちらを見なかった。当然だ。カトレアだって何を言えばいいかわからない、今更《いまさら》。

困惑《こんわく》していたら、エルンストが突然《とつぜん》、目の前で背中を向けてしゃがみこんだ。

「乗れ」

「……なぜ」

「魔槍が砕《くだ》けるまで戦ったんだぞ！　ろくに動けないに決まっているだろう、戦場でも気をつけろと散々注意した！」

吼《ほ》えるように怒鳴《どな》られた。腕《うで》を取られただけで激痛が走る。拒《こば》む力も、言葉も出なかった。

「君はもっと賢《かしこ》いと思っていた」

どこに向かうのか説明もしないまま、カトレアを背負ったエルンストが歩き出す。

「でも、勘違《かんちが》いだった。君は馬鹿《ばか》だ。大馬鹿だ」

「……どうして助けるんだ、エルンスト」

「俺は君を止めると言っただろう。死なせないぞ」

――だから、こんなところまで追いかけてきたのか。

唐突《とうとつ》に理解して、涙《なみだ》がこみあげた。

額を広い背中に押し当てて、カトレアは歯を食いしばる。今は何を言えばいいのかわからない。エルンストも何も言わない。

でも、さがす時間がある。新しく、やり直す時間が歩く先にあるのだ。


「かっこよかったわよ」

ぽん、と背中を叩《たた》かれた。しびれる手に吸い込まれるようにして魔槍が消える。膝《ひざ》を突《つ》いて、目の前の光景を見た。信じられない気持ちだった。

カトレアが負けたことも、聖剣《せいけん》をエルンストが止めたことも、全部夢みたいだ。

でも、現実だ。

ディアナのしたことと言えば、カトレアを助けたいかと問われて頷《うなず》き、だったら一緒に各国の王を助けようと言われ、ありったけの力をこめて魔槍を振っただけ。

この壁《かべ》は、あなたにしか壊せないでしょ。そう、聖剣の乙女《おとめ》に言われて。

魔王様が出てくれれば。少しでも、カトレアに優《やさ》しい言葉をかけてくれたら。そう思ってやったことだった。別に何か変わったことをやったわけじゃない。

けれど、全身から力が抜けるほどの達成感と、安堵《あんど》がある。

「……よかっ……た」

「そうね」

隣《となり》で一緒にしゃがんで、リリアが同意を返す。不思議な女だ。敵なのに、助けてくれた。

いや、違《ちが》うか。きっとうまく利用したのだ。彼女の手にはもう聖剣がない。あの壁を壊せるとしたらディアナしかいなかったから――それでもいい。

中からは、閉じこめられた各国の要人が出てくる。こんなことで何かが変わるわけでも、過去や今が帳消しになるわけでもない。帳消しにしたいわけでもなかった。

相変わらず自分たちは異端《いたん》者で、嫌《きら》われ者だ。いらないと言われる。でも、カトレアは生き残ってくれた。

かつかつと、ヒールの音が目の前で止まった。うつむいたままでも誰《だれ》かわかる。

「――リリア様。あなた、何を仲良く敵と一緒にいるの。また何かそそのかしたんじゃないでしょうね？」

「失礼しちゃう。ただここでクロード様登場とか面白《おもしろ》そうじゃない？　なのにアイリーン様ったらすかさず倒《たお》しちゃうんだから。空気読んでよー」

「あなたね……」

「あり、がとう」

人影《ひとかげ》を見つめたまま、言った。言わねばならないと思った。

「……あなた、こういうのに実は弱いの？」

「ふふ、なんのこと？　新しいヒロイン同盟よ！　ゲームの話もしたいし」

「言っておくけど彼女は罪人だから。カトレア様もね。そう簡単に会えないわよ」

そうだ。きっとカトレアとももう会えないのだろう。ワルキューレも全員、捕《つか》まってしまいだ。でも、怒《いか》りはわいてこなかった。

悔《くや》しいけれど。泣き出したいけれど。どうして、という思いは捨てきれないけれど。

これでよかったのだ。全部、なかったことにはならない。

「――まあ、決めるのはわたくしたちではないけれどね」

「あ、待ってよぉアイリーン様ったら」

ディアナの横をアイリーンが通りすぎ、リリアが追いかけていく。ひとり取り残されたが、逃《に》げる気力も体力もない。エルンストがここまでのぼってきたのだ。いずれ誰かが自分を捕まえにくるだろう。だから空でも見て待っていればいい。

赤ではなく、青くなった空を。

「気はすんだかい？」

せっかくすっきりした気分で空を見ていたのに、ぬっと上から割りこんだ人影に遮《さえぎ》られた。

「――ヴィーカ……よりによってあんたが捕まえにこなくていいよ、皇帝なんだから」

「私の仕事なんじゃないかな。皇妃《こうひ》を捕まえるのは」

「いつまでそんなこと言ってるの」

さすがに呆《あき》れる。だが相変わらずヴィーカはのんびりしたものだ。

「満身創痍《まんしんそうい》だね。うーん、思ったより楽しくない状態だなあ……」

「楽しいって何。あんたそういう、変な趣味《しゅみ》でも持ってるの？　嫁《よめ》がこなくなるよ」

「君がいるし心配はしてないよ」

え、と顔をあげた。ヴィーカはにこにこしている。

「……待って。当然、離婚《りこん》するよね？」

「どうして？」

「どうしてって――当然でしょ!?　説明いる!?」

「でも君、ワルキューレたちを黙《だま》らせるのには適材だしね。色々手は打ってるけど、内心は不満がたまってるワルキューレは絶対いるし。大体ここで投げ出すなら、姉様の案になんか最初からのらなかったよ」

今まで自分は色々、たくさんの思い違いをしていたことに気づき始めている。その中でもとっておきの思い違いは、この男ではないか。そんな震《ふる》えがきた。

「こ、ここまでの事件を起こしたのに……?」

「他国には警戒《けいかい》されるだろうね。でも舐《な》められるよりいい。ヒリッカ公国もグロス諸島共和国もうちが弱るのを今か今かと待ってるし」

「そ、れは……でも私が今更、キルヴァスに受け入れてもらえるわけない!」

「君が今から努力してなんとかしてくれればいいよ」

そんなあっさり。

「でも妃《きさき》教育は必要だね。君があんなに嫌ってたドレスを着て、にこにこ笑って、礼儀《れいぎ》作法とダンスと刺繡《ししゅう》を覚えて? 散々馬鹿にしてたお妃様たちとお茶会するのかあ。はは、すごく面白いね」

「少しも面白くない! あん、あんた……まさか、本気で、私を妃のまま……」

まずい、まずい、まずい。ぐるぐる頭の中を警報めいた言葉だけが回る。

「——っそう、私! 子どもが産めないから、皇妃にはふさわしくない! どう!?」

まさかこんな台詞《せりふ》を盾《たて》にする日がくると思わなかった。だからどうした、そんなことを言う奴《やつ》らは最低だ気にするなと皆《みな》に言ってきたのだ。

「なんとかなるよ、オルゲンみたいに養子を取るって手もあるって今回わかったし。——それにね、私の血はここで絶えたほうがいいだろう」

びっくりして、動揺《どうよう》と怒りが引いた。ディアナの顔を見て、ヴィーカがなんでもないことのように笑う。

「君だって知ってるんだろう。キルヴァス帝室《ていしつ》の血について。ハウゼルの実験動物だったのは間違《まちが》いないんだ。ならいなくなったほうがいい、私の子孫なんて」

何か反論してやりたいのに、何も言葉が出てこなかった。自分が今までわめいてきた薄《うす》っぺらい叫《さけ》びなんか、届きもしない。

「そんな……言い方……」

「じゃあ、別の言い方をしようか。──姉様がどうなるかは君次第《しだい》だよ」

はっと息を呑《の》む。そうだ、ディアナが立派な皇妃になり、一度は国から離反《りはん》したワルキューレたちの名誉《めいよ》をきちんと回復できたら、カトレアだって助かる見込みがある。

ヴィーカが手を差し出した。

「おとなしく捕まってくれると助かるな。手がかからなくて」

脅《おど》されている。でもそう断じるには、ヴィーカの目は優しかった。

この男は、思っていたほど軟弱《なんじゃく》でもない。なのに、ディアナはおろかカトレアだって止めようとしなかった。もちろんハウゼルという理由は大きかっただろう。

でも、ディアナがこうやってへたりこむまで待っていたのだとしたら、大した策士だ。だまされているのかもしれない。いや、そう断じるのはまだ早いのかもしれない。ぐるぐるとまとまりなく思考だけが空回る。

でもあんな悲しい言い方をしても笑える、そんな男なのだともう知ってしまった。

「大丈夫《だいじょうぶ》、私は、人を見る目には自信があるんだ。君は絶対にいい皇妃になる。ほんの少し変わるだけで」

思いがけない言葉に、顔をあげる。悪戯《いたずら》っぽくヴィーカは笑った。

「賭《か》けてみるといい。私は賭けにも強いから」

まずは差し伸《の》べられた手を、素直《すなお》に取ることから始めよう。

唇《くちびる》を引き結んで、ディアナは思い切って手を伸ばした。

まだ魔力《まりょく》が戻《もど》らないのか、クロードはキルヴァスの魔物の頭にのって広場におりてきた。

他《ほか》の国の王たちも同じだ。好奇心《こうきしん》と警戒をまぜた顔で魔物に救助されている。カイルとウォルト、ヴィーカ側についたワルキューレたちは周囲の護衛だ。アーモンドたちは他国の兵士たちとワルキューレの捕縛《ほばく》に奔走《ほんそう》していた。

「うまく点数を稼《かせ》ぎますわねえ、ヴィーカ様……」

「そうだな、うちはどちらかというと……」

隣《となり》にやってきたクロードがあちこち破壊《はかい》された周囲を見回して、長く息を吐《は》き出す。

「皇后と皇太子妃《ひ》が暴れるだけ暴れまくって、皆を警戒させてしまっただけのような」

「うちに手を出そうなんて思われずにすんでよかったですわね！」

「そういうことにするか……」

「まったくだ。まあ、これで話もまとまるだろう。海底施設《しせつ》とやらも、お前たちが派手に戦いまくってぼろぼろになっているしな」

横にバアルがやってきて、そっとアイリーンに耳打ちする。

「ロクサネはどうしている。……怒《おこ》っておったか？」

「エステラ様の婚約《こんやく》を検討されてましたわ」

衝撃《しょうげき》を受けた顔で、バアルがよろめいた。心臓を押さえ、苦しげに息を吐き出す。

「そん……っそん、な。まだ一歳半……！　クロードを椅子《いす》に差し出さなかったばかりに！」

「クロード様を椅子？」

「早く行け、バアル。書面を交《か》わされてしまう前に」

「そ、そうだな、今行くすぐ行くエステラ！　まだ嫁にいっては駄目《だめ》だ！」

転移できないのか、全速力で走っていってしまった。意外と速そうだが、海はどうするのだろう。泳ぐのか。想像すると面白い。

「椅子ってなんのお話ですの」

「聞かないでくれ。男同士の話だ。閉じこめられていたからな、暇《ひま》で」

「まあ、妻にこんなに苦労をかけておいて、お気楽ですこと」

「……ところで、アイリーン。いったい彼女たちはどう――」

「カトレア様についてはわたくしに一任すると、既《すで》に話はついてましたわよね？」

笑顔《えがお》で威圧《いあつ》するとクロードが黙った。アイリーンは一段高い声色《こわいろ》をつくる。

「それとも、クレアの婚約を検討します？」

「頼《たの》む、やめてくれ。ディアナ嬢《じょう》が僕たちを解放してくれたのはわかってるんだが、あちらがどうなったのか見えなかったから気になっただけなんだ」

「エルンスト様が連れていきましたわ」

まばたいたあと、クロードが口元をほころばせた。

「そうか。……よかった」

「少しもよくありませんわよ」

面白《おもしろ》くない。ふんと顔を背《そむ》け、アイリーンはクロードを置いて歩き出した。

「アイリーン、待つんだ」

「待ちません。クロード様はそこで思い出に浸《ひた》っていればよろしいんですわ」

「別に浸ってなどいない」

今のクロードは魔力がまだ戻っていない。いつものように転移させられないから、言いたい放題で置いていくこともできる。

「わたくし、忙《いそが》しいんですの。ついてこないでくださる？」

背後で焦《あせ》っている姿を想像すると、足取りも軽くなる気がした。と思っていたら、本当に足が宙に浮《う》いた。

「君は相変わらず、面白い強がり方をするな？」

背後から大股《おおまた》で追いついたクロードに抱《だ》き上げられたのだ。

「なっ何をなさいますの！　おろしてくださいな」

「足をくじいているだろう。なぜ隠《かく》すんだ」

なぜわかったのだ。返答に詰《つ》まっている間に横抱きにされてしまった。

「べ、別に、大した怪我《けが》ではありませんもの」

「今はまだ聖剣《せいけん》の影響《えいきょう》で痛みを感じないだけだろう。無理をすれば歩けなくなる。わかっているのになぜ強がるんだ。そもそも歴戦のワルキューレを相手に無傷でいられるわけが――」

「決してカトレア様に遅《おく》れを取ったわけではありませんわよ！」

そこだけは決して誤解させてはならないと、すかさず主張した。

「ただちょっと、最後の最後でぐぎっといった気がしただけで、今だって全然痛くありませんもの。カトレア様のほうがよっぽど満身創痍《まんしんそうい》ですわ。心配するならそちらですわよ。だからおろしてくださ――な、なんですか」

目を丸くしてこちらをまじまじと眺《なが》めていたクロードが、呼吸を思い出したように口を動かした。

「……君は」

そうつぶやいたと思ったら、今度はくつくつと笑い出した。

「な、なんですの⁉」

「い、いや。……そうか、そうだな、負けてない君は。負けてない……っそ、そういう勝ち負け、だったとは……」

ツボにでも入ったのか、声を立てて笑っている。珍《めずら》しい光景に一瞬《いっしゅん》あっけにとられたが、すぐに表情を引き締《し》める。

「失礼ではなくって⁉　今回、わたくしがどれだけ手を尽《つ》くしたか」

「す、すま、すまない。君が、あまりにも、可愛《かわい》くて」

「は――はい⁉」

「まさかこんな甘え方をされるとは思わなかった」

こちらは怒っているのにどうしてそうなる。だが、怒り続けるには嫌《いや》な予感がした。妻であるが故《ゆえ》の警戒網《けいかいもう》といってもいい。

「確かに、僕はできれば助けたいと思った。それは認めよう。ただ、何も彼女に限った話ではないんだが……どうにも駄目だな」

何より魔王《まおう》の妖艶《ようえん》な笑みは、怒《いか》りも何もかも押し流すのだ。

「いつだって僕が泣かせたくなるのは君だけだ」

嬉《うれ》しくない。精一杯《せいいっぱい》の抗議《こうぎ》として、アイリーンは顔を思い切りそらす。

クロードの瞳《ひとみ》には、もう、アイリーンしか映っていない。わかっていたから、おとなしく運ばれてやる。

これも魔王の妻の、大事な役目なのだ。

# ✦終幕✦　悪役令嬢の未来

「二大陸会議の議案を述べる。次代のハウゼル女王は、女王候補アリアとする」

朗々と議事堂に二大陸会議の主催《しゅさい》であるヴィーカの声が響《ひび》く。

つい一昨日《おととい》、二大陸会議の決定に反対する者たちにより島を沈《しず》めるといった脅迫行為《きょうはくこうい》があったばかりだ。首謀者《しゅぼうしゃ》たちは捕《と》らえられ、各国で処遇《しょぐう》が協議されている最中の宣言だ。

幸い、二大陸会議に参加した各国が協力して船を出し避難《ひなん》させたことで大きな混乱は起こらず、島も沈んだりしなかった。今こそ脅迫に屈さず宣言しなければならないという、二大陸会議の意思の表明である。

「これにともない、アリア・ジャンヌ・エルメイア皇女はエルメイア皇族より除籍《じょせき》され、母方の祖母であるダルクの氏を名乗り、アリア・ダルクとなる」

議事堂に集まった七カ国の要人は読み上げられる決定に異を唱えない。

ただ静かに、この先を見据《みす》えている。

「アリア・ダルクの正式な女王即位《そくい》は彼女が十六歳になったときとする。それまでハウゼル女王国の国政は二大陸会議の協議による。各国より現地に一名ずつ執行官《しっこう》を常駐《じょうちゅう》させ、現地住民も含めた執行委員会を設置することを認める。委員会の決議は多数決により、各国に上申することができる。また、ハウゼル王宮跡《あと》の島は女王即位まで封鎖《ふうさ》する」

　そこでいったん、ヴィーカが息を吸い直した。緊張《きんちょう》しているのかもしれない。

「アリア・ダルクの養育は引き続き実母と実父によるが、女王の養育権だけを持ち、ハウゼル女王国に対し一切《いっさい》の権限を持たない。アリア・ダルクの居住国となるエルメイア皇国は定期的に女王に関する報告を他国へ提出しなければならない。また、アリア・ダルクが六歳になったのちは一年に一度、必ずエルメイア皇国以外の六カ国を訪問させるか、エルメイア皇国に招き謁見《えっけん》の機会を与《あた》えるものとする。機会の履行《りこう》につきエルメイア皇国は誠実に行わなければならない。ただし、訪問や招待を拒絶《きょぜつ》された場合はその限りではない」

　一気に読み切ってから、ヴィーカが顔をあげた。

「以上。賛成の方は、ご起立を」

　王たちが全員、起立する。

「では、これをもって議案を可決し、二大陸会議を閉会する。──ハウゼル女王が戻《もど》る日まで、世界に安寧《あんねい》のあらんことを」

　どこからともなく、拍手《はくしゅ》が鳴った。議事堂には二階席まであり、民衆も傍聴《ぼうちょう》できるのだ。今はアイリーンたち妃《きさき》や各国の護衛などの割合が多いが、中には本物の住民もいる。

　ハウゼル女王国が再び国として自立するには、ゆうに十年以上かかる。だが、女王が戻るまで皆《みな》で待つのだ。まだ赤ん坊《ぼう》の女の子が女王になる未来を祝う、大きな拍手だった。

ほっとした顔のヴィーカに他国の王たちがそろって近寄り、握手《あくしゅ》を交《か》わし肩《かた》を叩《たた》き合うことで称賛《しょうさん》を送る。傀儡皇帝《かいらいこうてい》と侮《あなど》られてきた若き皇帝が、大陸にまたいだ七ヵ国による会議を成功させた。大きく評価される功績だ。キルヴァス帝国もきっと立ち直る。

ゲームのように滅《ほろ》んだりしない。

アイリーンが確信したのは、妃たちのお茶会に、がちがちにこわばった笑顔《えがお》でひとりの新米妃が現れたときだった。

「──は、はじ、めまし、て。でぃ、ディアナ・ツァーリ・キルヴァス、です」

目を丸くして驚《おどろ》く者、おろおろする者、眉《まゆ》を吊《つ》り上げる者、温和な笑みを決して崩《くず》さない者、我関せずとばかりに無表情な者。反応はそれぞれだ。

だが皆、優秀《ゆうしゅう》なのでどう対応すればいいか心得ている。腹に一物抱《かか》えたまま、表面はにこやかに応じるのだ。アイリーンも例外ではない。

「まあ、ディアナ様。お久しぶりです。お会いできて嬉しいわ」

ディアナは何か言い返そうとして、ぐっと言葉を呑《の》みこんだようだった。その調子だ、と内心で笑いながら応援《おうえん》する。

人生何がどうなるかわからないのだ。革命の花嫁《はなよめ》ではなく、革命の皇妃《こうひ》と呼ばれる日もくるかもしれない。

行方《ゆくえ》不明になったキルヴァス皇姉《こうし》が、宰相《さいしょう》の妻になって帰ってくる日も、夢物語とは言い切れないだろう。

話はまとまったとはいえ、細々とした決め事には時間がかかる。二大陸会議の決定が読み上げられたあとも、めまぐるしい日々が続いた。あれだけの騒動《そうどう》があって、予定の滞在《たいざい》期間から十日ほどの延長で雑務が消化できたのは、各国の尽力《じんりょく》の賜物《たまもの》である。

帰国が決まった各国の船が港に集まる様は、なかなか壮観《そうかん》だ。各国の意匠《いしょう》や船の形にも差異があって、見ているだけでも面白《おもしろ》い。アイザック含むオベロン商会の面々は、もう少し滞在するのをいいことに、積みきれない荷を格安で買い受けたり最後の商機に走っている。アイザックのことだ。オベロン商会ハウゼル支部とか、混乱に乗じて狙《ねら》っているのかもしれない。

「グロス諸島きてくださいいつかです！」

最初に出港準備を終えたのは、小回りのきく小型の船を埠頭《ふとう》に乗りつけたグロス諸島共和国だ。

「ええ、ダナ様。エルメイアにもいずれきてくださいな」

「おまかせです！　手紙、書くです！」

大きく甲板《かんぱん》から手を振《ふ》ったダナは、自ら船を操縦して国まで戻るのだという。二大陸会議で一番文化の違《ちが》いを感じた国だ。いつか行ってみたい。

「息子《むすこ》の結婚《けっこん》相手の件、宜《よろ》しくお願い致《いた》します」

念を押してきたのはオードリーだ。最後まで愛想《あいそ》がない。

「息子さんは二十歳《はたち》でしたっけ。そうですわね、よいご令嬢がいたらご紹介《しょうかい》しますわ」

「クレア皇女でもこちらは問題ありませんよ」

互《たが》いに牽制《けんせい》し終えたら、潔《いさぎよ》く踵《きびす》を返すのが彼女のいいところだ。話が終わるのを待っていたのか、すぐにキャロルがやってきた。

「アイリーン様。今更《いまさら》だけれど、出産祝いを贈《おく》れなかったでしょう。かわりにと言ってはなんですけれど、クレア皇女の一歳のお誕生日にお祝いを贈ってもよろしいかしら？」

「そんな、お気遣《きづか》い頂かなくても」

「なんでもアリア女王も同じ誕生日でいらっしゃるとか。ぜひおふたりにと思って」

なるほど、狙いが読めた。今から贈り物をしていれば、アリアの物心がつく頃《ころ》にはずっと子どもの頃からお祝いをしてくれるお婆《ばあ》さんになれるわけだ。油断も隙《すき》もない。

「そうですわね、夫と相談してみますわ」

「ふふふ。シリル宰相によろしくね」

そちらからも攻《せ》めてくる気か。本当に油断ならない。

マイズ中立国はオルゲン連合国と途中《とちゅう》まで航路が同じため、一緒《いっしょ》に出発する。出港した船を見送って、いささかほっとした。歴戦の妃は胆力《たんりょく》が違う。

「お世話になりました、アイリーン様」

同じ船を見送ったあとに、ニーナがやってきた。仕掛《しか》けられっぱなしだったから、自分で仕掛けたい気分だ。

「こちらこそ、ニーナ様。ディアナ様とはもうご挨拶《あいさつ》されました？」

「はい。ずっと、ものすごい顔で私の話を聞いてくださいました。でも、馬に興味を持ったみたいで、乗馬を教える約束をしました」

ワルキューレに馬。軍事同盟の可能性が頭をよぎったが、騎馬《きば》で戦争など前時代的だ――いや、ワルキューレなら天馬に乗りそうな気がして怖《こわ》いが、ゲームにありがちな空想の存在で現実にはいない、きっと。ディアナにはゲームの知識があるけれど。

「キルヴァスとうまくやっていけそうで安心しました」

丁寧《ていねい》な一礼と一緒に立ち去るニーナも、なかなかのくせ者だ。エルメイアがキルヴァスと対立することになったとき、キルヴァスの背後に位置するヒリッカ公国の存在は大きい。

「アイリーン様、バアル様をご存じありませんか」

「あら、ロクサネ様。いいえ。クレアをつれたクロード様とご一緒だとばかり……」

「……まさか『どっちの娘《むすめ》が可愛《かわい》いか決定戦』をやっているのでしょうか」

あり得る。今の今までふたりで会う時間がとれなかったらしく、開催《かいさい》は延期されたとばかり思っていたが——顔をしかめたロクサネと同時に溜《た》め息が出た。

「もし見かけたら戻るようにバアル様に言っていただけますか、そろそろ出港の時間です」

「わかりました。ロクサネ様もクロード様を見かけたらお願いします」

アシュメイルとは帰国後すぐに会談が予定されている。細々した感想や雑談はそのときでいいだろうと思っていたら、立ち去ろうとしたロクサネが足を止めた。

「そういえば、ディアナ様とリリア様がお話しされていました。そちらの官吏《かんり》の……セレナ様でしたか。彼女も交えて」

「えっ」

「サーラも加わっていたので引きはがしましたけれども、一応お伝えしておきます」

ロクサネはヒロインだ前世だゲームだという話題にはまったく興味を示そうとしないが、やはりヒロインたちの奇妙《きみょう》な縁《えん》には警戒《けいかい》が働くのだろう。

主催《しゅさい》としての後始末と見送りをするキルヴァス帝国の出立は、明日だと聞いている。出港時間が迫《せま》る中でもさがすべきか迷っていたら、リリアがアリアを抱《だ》いてやってきた。セレナも、なんとディアナも一緒だ。

「アイリーン様、お待たせー！」

「待ってないわよ、いったい何を話していたの！」

「え～悪役令嬢《れいじょう》には教えなーい。ねーアリアー。クレアお姉様はどこかな～？」

「何度も言うけれど、クレアはお姉様じゃないわ。ただの従姉妹《いとこ》！」

「先にお船に乗って待ってようね、アリア。じゃあね、ディアナ」

仁王《におう》立《だ》ちするアイリーンの横をすり抜《ぬ》け、リリアが軽い足取りで舷梯《タラップ》をのぼっていく。セレナに目をやると、不愉快《ふゆかい》そうな顔をされた。

「あの女の話が私にわかるわけないでしょ。ただ、あんたたちの同類が増えたってことはわかった」

「やめて、同類じゃないわ」

強い否定を鼻先であしらい、セレナもリリアのあとに続く。そうすると必然的に残るのは、ディアナだ。

「……。キルヴァスの壁《かべ》の内側に、施設《しせつ》が一部残ってる。緊急《きんきゅう》用の、簡易のやつ。今は動かないけど。使えたら、ワルキューレを戻《もど》せるかもしれない」

危険だと身を乗り出しかけたアイリーンは、思いがけない話に口を閉《と》ざした。視線を斜《なな》めに落とし、ぽつぽつとディアナが続ける。

「聖剣《せいけん》の乙女《おとめ》の血を引く女なら起動できるんじゃないかって、あの女が……ほら。呪文《じゅもん》みたいなのあるでしょ。あれ」

「ああ……なるほど、可能性はあるわね。でも起動できたとしても、使えるかどうか……」

「それが駄目《だめ》でも、神の娘とか魔石《ませき》とか聖石、神石の技術がもっと発展したらあるいはって話だったから。魔族は、聖石で転化を抑《おさ》えられてるんでしょ。だから……また、連絡《れんらく》する」

「あなた、ワルキューレをやめる気になったの？」

「やめたくてやめられるもんじゃない。……でも、皇妃になったから。……産めないよりは産めたほうがいいかもって……」

まだ納得《なっとく》しきってはいないのか、溜め息まじりだ。だが大きな進歩だろう。アイリーンは首肯《しゅこう》した。

「そうね。選択肢《せんたくし》は多いほうがいいわ。ヴィーカ様やエルンスト様とよく話し合って、方針を決めてちょうだい。協力できることがあるならするわ」

「そっちはワルキューレがいなくなったほうが都合がいいものね」

「ええ、そうよ」

嫌《いや》みを肯定《こうてい》されたディアナは目を丸くしたあと、ほんの少し笑った。

「ワルキューレの制度は続ける。私が皇妃になったんだから、間違《まちが》いのままでなんか終わらせない。ハウゼル女王国は男子禁制だしね。警備にちょうどいい」

今度はアイリーンが目を丸くする番だった。答えは求めていないのか、ディアナはさっさと踵を返してしまう。

（ああそうか、改革すれば使えるわよね……）

子どもが産めなくなるだとか非人道的な扱《あつか》いを改善すれば、ワルキューレは間違いなく大きな軍事力だ。しかも、ハウゼル女王国に護衛として採用されるようになったら——権威《けんい》も信頼《しんらい》回復も兼《か》ね合わせた良案だ、思わず唸《うな》ってしまう。

色んな人間が、色んな思惑《おもわく》で世界を回している。今までも、きっとこれからも。

レイチェルに呼ばれて、アイリーンも舷梯をのぼり、甲板にあがった。乗船確認《かくにん》が終わり、舷梯が片づけられ、汽笛が鳴る。

いないのはたったひとり、この国の皇帝《こうてい》だ。

「クロード様は？　まさかアシュメイルの船で出港するおつもりなの？」

アシュメイルとは途中まで航路が同じなので、多少離《はな》れても心配しなくていいが、クレアも連れているのだ。顔をしかめるアイリーンに、甲板で荷の確認を終えたキースが答えた。

「もうそろそろお戻りですよ。時間どおり出港しろとのお達しでしたから」

「本当に？　ウォルトかカイルを呼びにやったほうがいいんじゃないの。エレファスは？」

「アイリーン」

さすが魔王の従者、本当に戻ってきた。

クレアを抱いたクロードが、上空から甲板《かんぱん》に降りてくる。その靴底《くつぞこ》が甲板に着くと同時に、船が動き出した。時間ぴったりである。

だが皇帝ともあろう者が、余裕《よゆう》のない行動は問題だ。アイリーンはクレアを抱いた夫をにらむ。

「五分前行動を心がけてくださいませ」

「エステラ王女の婚約者候補《こんやくしゃこうほ》に、うちの息子《むすこ》を考えているのは本当なのか」

ぱちりとアイリーンはまばたいた。やや青ざめたクロードの眼差《まなざ》しは真剣《しんけん》だ。

「さっきバアルから聞いたんだ。そういう話が正妃《せいひ》と君の間で出ていると……本当なのか」

「……そういえば、そんなお話をしておりましたわね」

「どういうことだ、僕は聞いていない」

「でも悪いお話ではないでしょう？　ね、クレア」

詰《つ》め寄るクロードの手からクレアを受け取る。クレアは元気に小さな手を伸《の》ばして、笑っている。ご機嫌《きげん》のようだ。

「エステラお姉様に遊んでもらったの？　楽しかったのね、よかったわね。――どうでした、クロード様。エステラ様にお会いしたんでしょう？」

「確かに可愛かったが、クレアも当然、負けていない。いやそうじゃない。まだ生まれてもいない僕の息子の話だ」

「まだ生まれていないんだからいいじゃありませんの」

「よくない。バアルは絶対に認めないと言っているんだぞ。僕だって絶対認めない。クレアがこんなに可愛いんだ、息子だって絶対に可愛いに決まっている……！　嫁《よめ》にも婿《むこ》にもやりたくない。どうすればいい」

　何やらこじらせて苦悩《くのう》している。クレアをあやしながら。アイリーンは呆《あき》れた。

「まだまだ先の話ですわよ。わたくしもロクサネ様も本気で言っているわけではありませんから、安心なさって」

「本当か」

「ええ」

　今は、まだ。

　にっこりクロードに笑いかける。じいっとアイリーンの顔をまばたきせずに見つめたあと、クロードは長く嘆息《たんそく》した。

「……今になって言うのもなんだが、ルドルフ義父上《ちちうえ》は偉大《いだい》だな。君が僕に嫁《とつ》ぐことを許してくれた」

「男親は、かつて誰《だれ》かの娘を奪《うば》った報《むく》いを受けると聞いたことがあります。ね、クレア」

「あー」

　まるでクレアが同意するように声をあげる。どこかで雷《かみなり》が落ちる音がした。海の上だ、どこにも被害《ひがい》がないといいが。

　よろめくクロードをすかさずキースが支えた。

「我が主《あるじ》、しっかり」

「あ、ああ……」

「キース様、クロード様に着替《きが》えの準備を。クロード様、ここからはクレアとの楽しい船旅です、マントくらいは脱《ぬ》いでらっしゃって」

「わ……わかっ……わかった……そう、まだ存在しない息子の話だ。そう、まだ存在もしていない……」

「しっかりしてくださいな。まだ存在していない、だなんておっしゃって」

クロードがばっと振《ふ》り向いた。

さすがに二度目となると、勘《かん》が働くらしい。アイリーンの下腹部を見て、顔を見る。

「……まさか、息子」

「いずれ、ですわよ」

確信はない。医者に診《み》てもらうのも、エルメイアに帰国してからだ。まだ、ひょっとしたらという程度の、ほんの少しの違和感《いわかん》。

けれど、自分の勘は当たっているのではないかと思っている。何せ二度目だ。

そして息子だと思っている。

もちろん、それもなんとなくにすぎない。

「──そうなるとさっきの話が本格化するのでは!?」

「いずれですから」

「いや待て、アイリーン。本当の話なのか？　なら君を何か柔《やわ》らかいものでくるまねば」

「まだおっしゃいますの」

笑ってアイリーンは甲板に出る。

目の前には海と空だけ。きらきら輝《かがや》く海のきらめきと、雲が流れていく青空の中を、船が速度をあげて進んでいく。

「綺麗《きれい》な世界ねえ、クレア」

水平線の向こうは何があるかわからない。素晴《すば》らしいことだ。

「体を冷やすのは、なんであれよくない」

クロードが背後から脱いだマントを広げてクレアごとくるんでくれた。

「立ち直りました？」

「ああ、立ち直った。僕はもう父親なんだ。息子となれば、皇太子の問題も出てくる」

「そうですわね。案外、魔王とか言われるかもしれませんし」

「甘やかすばかりではいけない。知恵《ちえ》をつけさせねば。僕がひとりですべてを守れるわけではないのだからと、出会ったばかりの君から教えてもらった」

そんなこともあった。

「では、引き続き頑張《がんば》りましょうか。わたくしと、ふたりで」

「そうだな、子どもはいずれ巣立つから」

わかっているではないか。

この先何があっても、人生は自分のもの。風が強くても、嵐《あらし》が起こっても、はたまたゲームの破滅《はめつ》フラグなんてものが出てきたり、ラスボスが現れたりしても。

まず直近の問題は、魔王《まおう》の葛藤《かっとう》を反映した上空の曇《くも》り空だ。子どもが巣立つことに今から耐《た》えられないらしい。

これは大変なフラグだ。優《やさ》しい腕《うで》の中で、アイリーンは向きを変えた。

ぱあっと可愛《かわい》い娘《むすめ》を魔王の麗《うるわ》しい顔面の前に出した瞬間《しゅんかん》、曇り空は晴れていく。


運命を変えるなんて、案外簡単なのだ。

人生の主役はいつだって自分なのだから。


クレアお姉様と名前を呼ぶ声に、少女は振り向く。海風に帽子《ぼうし》が飛ばされないよう押さえて駆《か》けてきた同い年の従姉妹《いとこ》が、腕に飛びついてきた。

「こんなところにいたのね、お姉様ったら！　何してたの？　もうエルメイアが恋《こい》しくなっちゃった？」

「いや、さっきまでイカの魔物が挨拶《あいさつ》にきてたから、手を振ってた」

「相変わらずクレアお姉様は魔物にモテるのねえ。アリアはぜーんぜん駄目《だめ》。聖なる力が強いから？」

「アリアがすぐ意地悪ばかりするからだ」

「違《ちが》うもん、聖なる力が強いからだもん！　エステラお姉様だって魔物にさけられてるしぃ」

「エステラ姉様はあれで懐《なつ》かれてるぞ。シャルルが家出した頃《ころ》から態度も軟化《なんか》してる」

ああ、とアリアは人差し指を顎《あご》にあてる。

「エステラお姉様は真面目《まじめ》なだけで、もともと魔物は好きそうだもんね。ほんとに悪役令嬢《れいじょう》はラスボスを飼っちゃうんだ」

「なんの御伽話《おとぎばなし》だ？」

「お母様から教えてもらったの！　ハウゼルの呪文《じゅもん》と一緒《いっしょ》にね。この世界ではねえ、ヒロインとヒーローと悪役令嬢とラスボスがいるのよ。でねえ、ひょっとしたらアリアはヒロインかもよって！　で、クレアお姉様は悪役令嬢かもしれないって」

叔母《おば》の言うことはたまに難しい。とりあえず単純な疑問を口にした。

「ルクスは？」

「……………あいつがヒーローとか絶対お断りだから、認めない」

這《は》うような低い声に、クレアは笑う。クレアの弟はふたり、双子《ふたご》だ。エルメイア皇国の第一皇子と第二皇子である。第二皇子シャルルはエルメイア皇太子となることが最近決まり、同時に第一皇子ルクスはアリアとの婚約《こんやく》が正式に決まった。ルクスはまったく抵抗《ていこう》なく承諾《しょうだく》したのだが、アリアは幼い頃から毛虫のごとくルクスを嫌《きら》っている。

明るくて皆《みな》に好かれやすく周りにも好意を惜《お》しまないアリアが、ルクスだけは嫌っているなんて、それだけでとくべつではないかと思う。ちょっとだけ、そのとくべつを持っていないクレアは羨《うらや》ましい。

アリアも弟たちも、そう、ついにエステラ姉様だって手に入れたのに、まだ自分だけが持っていないもの。母親からは憧《あこが》れて変なのに引っかからないようにと注意されたけれど、引っかからなければ変なのかどうかもわからないではないか。これからは親の監視《かんし》がはずれる。いっそ心ゆくまで狩《か》って狩って狩りまくろう。

「私はハウゼル女王になるアリアの騎士《きし》だからな。ルクスがヒーローだとしても、遅《おく》れは取らないぞ。ラスボスだって先に倒《たお》してやる」

「倒しちゃ駄目よ。悪役令嬢はラスボスを飼わないと駄目って、アイリーン伯母《おば》様も言ってたわ。でないともったいないって」

「お母様が？」

叔母がこういう話をし出すとすぐ口を塞《ふさ》ぎにかかる母親が、珍《めずら》しいものだ。

ふうん、と相づちを返してクレアは舳先《へさき》に出る。真っ青な海と空。先が見えない地平線。かって母と父がそろって向かった海路。

そこへ自分はこれから進む。

何が出てくるだろう。わからないけれど、ヒロインだってヒーローだって悪役令嬢だってラスボスだって、たくさんのまだ見ぬとくべつのひとつだ。

「だったらこうだ。──悪役令嬢なのでラスボスを飼ってみました」

# あとがき

こんにちは、永瀬《ながせ》さらさと申します。

この度は『悪役令嬢《れいじょう》なのでラスボスを飼ってみました』11巻を手に取っていただき、有り難《ありがと》うございます。アイリーンと魔王《まおう》様と愉快《ゆかい》な仲間たちのお話も、ついに子どもが生まれ、他のキャラたちにもそれぞれ家族ができるところまでやってきました。

これでアイリーンの物語は完結……といってしまうとまた幻覚《げんかく》になる気がするので、あえて完結という言葉は使いません。何より、描《えが》かれることはなくてもアイリーンたちの人生は続きます。

ここまでアイリーンたちを見守ってくださった皆様《みなさま》に楽しんで頂ければ幸いです。


それでは謝辞に入ります。

今回も紫真依《むらさきまい》先生に美麗《びれい》なイラストを描《か》いて頂きました。有り難うございます。クロードのあの顔は、間違《まちが》いなくこの作品の要でした。

他にも素敵にコミカライズしてくださった柚《ゆず》アンコ先生、ご指導くださった歴代担当編集様、デザイナー様、校正様、アニメ制作に関わってくださった皆様。本当にたくさんの方に支えられてきた作品です。右も左もわからずにＷＥＢ連載《れんさい》を始めた頃《ころ》からここまで、夢のような日々でした。

改めて、この作品に携《たずさ》わってくださったすべての方に心より御礼《おれい》申し上げます。有り難うございました。

何より、この作品をずっと読んでくださった読者の皆様。皆様のおかげで書籍《しょせき》化され、コミカライズされ、アニメ化されました。ここまでの長い道のりを一緒《いっしょ》に歩いてくださって、本当に有り難うございました。機会があればまたの気持ちをこめて、これからも変わらずアイリーンたちを見守ってください。

最後にお知らせを。角川ビーンズ文庫様より『やり直し令嬢は竜帝《りゅうてい》陛下を攻略《こうりゃく》中』というタイトルの作品を現在刊行中です。今作と同じように柚アンコ先生にコミカライズもしていただいております。こちらも楽しんで頂ければ嬉《うれ》しいです。

それではまたどこかで、アイリーンたちと一緒にお会いできますように。

永瀬さらさ

「悪役令嬢なのでラスボスを飼ってみました11」の感想をお寄せください。
おたよりのあて先
〒102-8177　東京都千代田区富士見2-13-3
株式会社KADOKAWA　角川ビーンズ文庫編集部気付
「永瀬さらさ」先生・「紫　真依」先生
また、編集部へのご意見ご希望は、同じ住所で「ビーンズ文庫編集部」
までお寄せください。

# 悪役令嬢《あくやくれいじょう》なのでラスボスを飼《か》ってみました11

**永瀬《ながせ》さらさ**

角川ビーンズ文庫　23489

令和5年1月1日　初版発行

発行者――――山下直久
発　行――――株式会社KADOKAWA
〒102-8177　東京都千代田区富士見2-13-3
電話 0570-002-301（ナビダイヤル）
印刷所――――株式会社暁印刷
製本所――――本間製本株式会社
装幀者――――micro fish



●お問い合わせ
https://www.kadokawa.co.jp/（「お問い合わせ」へお進みください）
※内容によっては、お答えできない場合があります。
※サポートは日本国内のみとさせていただきます。
※Japanese text only

ISBN978-4-04-113125-1 C0193 定価はカバーに表示してあります。
◇◇◇